# いしゃ先生

あべ美佳

○本表紙デザイン＋ロゴ＝川上成夫

# いしゃ先生◎目次


序章　5
第一章　帰郷　8
第二章　大井沢診療所　42
第三章　吹雪の峠　85
第四章　春、遠く　119
第五章　最後の手紙　156
第六章　野に咲く小花のように　210
終章　278
あとがき　281

# 序章

＊

「ただいま」

姉の唇《くちびる》は、そう動いたように見えました。あの日のことは、七十年以上経《た》った今でもはっきりと目に浮かびます。

峠《とうげ》のてっぺんに立ち、赤いワンピースを風に揺らしながら、姉は、大井沢《おおいさわ》の村を見ていました。

私は峠の下の笹藪《ささやぶ》にいました。一秒でも早く会いたくて学校を抜け出したのです。学校の裏山を抜けると、峠までの近道でした。大地にはまだ雪が残り、雪解けの沢水がごうごうと音を立てていました。背丈ほどもある枯れた笹の葉を、掻《か》き分け掻き分け、息を切らして進むと、視界の端に赤いものが映ったのです。歩みを止め、目を凝《こ》らすと、それはワンピースでした。といっても、当時の私は、ワンピースなんて言葉は分からなかったのですが。

その美しい女性が誰なのか、私にはすぐ分かりました。物心ついてから一度も会ったことはなくても、です。

姉は、気持ち良さそうに大きく息を吸い込んだかと思うと、ひとこと、何かを吐き出しました。

「ただいま」

やはり、そう言ったような気がします。私には、姉が故郷の村に挨拶《あいさつ》をしているかのように見えたのです。

柔らかそうなワンピースが風に揺れていました。少し青みがかった赤色は、とても綺麗でした。だけど、春もみじの山景色に、その色は馴染《なじ》んでいないようにも見えました。春もみじ――分かりますか？　この辺り特有の春の景色で、大地の上の残雪と、芽吹いたばかりの木の芽、そして山桜の淡《あわ》い桃色……この三色が同時に見られる奇跡みたいな瞬間です。その頃の私には、特別なものという意識はなかったのですが。

姉は、歩き辛《づら》そうな踵《かかと》の高い靴を履《は》いていました。

凛《りん》とした横顔が眩《まぶ》しくて、私は声をかけられずにいたのです。

「……悌次郎《ていじろう》？」

気付かれてしまいました。

恥ずかしさに視線を落とすと、姉はもう一度、私の名前を呼びました。

「悌次郎でしょ！」

「いしゃ姉ちゃん！」

私は走りました。

峠のてっぺんに立つ、姉をめがけて、全速力で走ったのです――。

# 第一章　帰郷

昭和十年、山々の命が芽吹く頃、周子《ちかこ》は故郷・大井沢《おおいさわ》を目指し、ひたすら歩いていた。大井沢村は山形県のほぼ中央に位置する、とても雪深い寒村である。その遠いこと、遠いこと。

東京から夜汽車に揺られて十時間。早朝、すすだらけの顔で山形駅に着いた。左沢《あてらざわ》線に乗り換え、北北西へ一時間ほど進み、羽前高松《うぜんたかまつ》駅でまた三山《さんざん》電車に乗り換え、今度は月山《がっさん》めがけてさらに三十分進むと、ようやく終点の間沢《まざわ》駅だ。

そこからはバスに乗る。街道は寒河江《さがえ》川に沿ってうねうねと続き、急坂を上ること二十キロ。湯殿山麓《ゆどのさんふもと》の月山澤《がっさんざわ》という集落まで行けるはずだった。なのに、雪がとけきっておらず、月山澤の二つ手前の本道寺《ほんどうじ》までしか辿《たど》り着けない。周子は仕方なくバスを降り、そこからまだ二十キロもある道を、徒歩で進んだ。

『ハナシタイコトアリ　イソギカエレ』

昨日、父からの電報を受け取った周子は、その日のうちに夜汽車に乗った。今まで父がこんな電報を寄こしたことなどない。きっとよほどのことなのだろうと思い、取るものも取りあえず、故郷を目指した。

誰かの具合が悪いなら、そう書くだろう。「ハナシタイコト」とはいったいなんなのか？　想像は悪い方へばかり膨《ふく》らみ、生家《せいか》が近付くにつれ、不安な気持ちはいっそう大きくなっていく。

雪解けで水かさを増した寒河江川の濁流《だくりゅう》が、ごうごうと音を立てるのも、周子の気持ちを不安にさせた。その凄《すさ》まじい勢いに、見ているだけで飲み込まれそうになる。

荷物は極力少なくしたつもりだった。けれど長い距離を歩くうちに、細肩にじわじわと重みが圧《お》し掛かってくる。さらに雪解けのぬかるんだ道で、周子のハイカラな革靴は、見るも無残にぐちゃぐちゃだ。

「東京ではとっくに桜が散ったというのに」

周子は一人、声に出して愚痴《ぐち》ってみる。今年は例年にも増して雪解けが遅いようだった。腹が立つやら、気分が悪いやら。ようやく最後の峠道を上るときには、周子は今にも泣きそうにくたびれていた。

——あと少し、あと少しで村の入口だ。

周子はようやく峠のてっぺんに立った。

「うわ……」

七年ぶりに見る故郷だった。

その美しい里山に挨拶《あいさつ》をするように、ゆっくりと視線を巡らせる。さっきまでの不機嫌な感情が峠の風に吹き飛ばされていく。愛おしいものが込み上げ、胸がいっぱいになる。

雪解けの音が、命の音に変わった。ブナの若芽が膨らんでいる。雪を割るように野の花が顔を出している。至るところに新しい命の気配を感じることができる。

周子は大きく息を吸い込んだ。

そしてゆっくりと吐き出した。

「ただいま」

今から七年前の春。

山形第一女学校を卒業したあと、周子は父に連れられ、この峠を越えた。医師になるため、東京女子医学専門学校に入学したのだ。

医師免許取得後も、女子医専の系列の今村内科に助手として勤務し、経験を積んでいた。東京での暮らしも八年目に差し掛かった二十四歳の春、父からの電報が届いたのだ。

ふと、峠道の先で人の気配がした。

「……悌次郎《ていじろう》？」

笹藪の中に、ぎょろっとした目玉が二つ覗《のぞ》いている。

「悌次郎でしょ！」

それは、痩《や》せっぽちの少年だった。

「いしゃ姉ちゃん！」

弟が全速力で駆け寄ってくるのを、周子は不思議な気持ちで見ていた。前に見たときは乳飲《ちの》み子《ご》だったのに。胸に飛び込んできた少年は、雪と薪《まき》ストーブの匂いがした。

湯気の立つ坊主頭を撫《な》でると、自然に笑みがこぼれる。

「まぁ、汗かいてるじゃない。冷えたら風邪《かぜ》引くわよ」

「平気だちゃ」

「悌次郎、迎えにきてくれたの？」

「うん。おかえりなさい」

「ただいま。大きくなったね。いくつになったっけ？」

「もうすぐ八つ」

「そう。……あれ、今日、学校は？」

「行ったよ」

へへへと笑うと、悌次郎は周子の荷物をひったくって歩きだした。

「ちょっと待ってよ、悌次郎」

急《せ》かすように歩く弟を、周子は追いかける。雪解けのぬかるんだ道を革靴で進むのは、なかなか難儀である。七年間の東京暮らしで、長靴は必要なかった。たった一度の帰省のために買うのも憚《はばか》られた。それに、ワンピースに長靴は似合わない。

「なぁ、いしゃ姉ちゃん。あの山の色、見でみろ！　きれいだべ？」

悌次郎の指さす方には、山桜の淡《あわ》い桃色があった。

周子は生命力溢《あふ》れる色彩に、はっとした。

「いしゃ姉ちゃん、東京さも桜あるのが？」

「そりゃそうよ。うちの病院の前は、それは見事な桜並木なんだから」

「ふうん。んでも、こっちのが、きれいだべ」

周子は確かに心を奪われていた。

東京の桜も綺麗だけど、ここの桜はまるで違って見える。淡く控《ひか》え目なのに、しみじみとした強さがあった。それに、雪と桜が一緒なんて……こんな景色が見られるのは、日本中でここだけかもしれない。

――ずっとそこにいると、見えないものがあるのだわ。

ここに住んでいるときは、こんな山景色は当たり前のことだった。綺麗だとは思っても、それを愛おしいものだという感情なんて湧かなかったのだ。

周子はあらためて七年ぶりの故郷を見渡した。道端には雪を押しのけて、今しも咲き出《い》でんとする小花があった。ブナの若芽が膨らんでいた。野鳥のさえずりがあった。

美しい……至るところに新しい命の兆しが感じられる里山だ。

そんな故郷の道を、周子は弟と並んで歩いた。

峠を下り終え、平場《ひらば》に入ると雪国特有の藁葺《わらぶき》屋根の農家がぽつり、ぽつりと並んでいる。どの家も、田植えに備えて種もみを蒔《ま》くのに忙《いそが》しそうだ。この辺りは、まだ雪が消えきらぬうちに田植えをするのが当たり前だ。昨年の歴史に残るような冷害は、東京にいる周子の耳にも届いていた。ただでさえ貧しいこの村が、今どんなに苦しい状況にあるのかを想像すると胸が痛んだ。

——どうか今年は豊かな実りになりますように。

肌の色つやが悪い村人を見かけるたびに、祈らずにいられない。周子が通りかかると、農作業をしている人々の手が止まった。

「あんた、村長んどこの娘さんじゃねぇが？」

「はい。ご無沙汰《ぶさた》しております」

「帰ってきたのが？」

「ちょっと、父に呼び出されまして」

そんなやり取りを聞いてか、家の中から、わざわざ顔を出す者までいる。

「おめぇ、女《おなご》で医者してるんだべ？」

「はい、東京の病院で働いています」

「ほぉー、たいしたもんだっちゃあ」

「そんなこと……まだまだ勉強中ですから」

久しぶりの故郷は、くすぐったいものだった。周子の才女ぶりは地元では有名なのだ。男でも学校を出る者が少ない時代に、周子は一番の成績で女学校を卒業した。いくら村長の娘とはいえ、努力なくしてできることではない。村の人たちものことは理解していた。

一緒にいて、悌次郎は誇《ほこ》らしかった。村の人に声をかけられるたびに胸を張り、ぐんぐん歩いていく。

「ねぇ、悌次郎。お父さんはどうしてわたしを呼んだのかしら」

「さあ。俺、わがんね」

「お母さんと何か話していなかった？」

悌次郎は首を傾《かし》げるだけだ。

昨夜、慌《あわ》てて荷造りをしている周子を、女子寮の仲間は「きっと縁談でもあるんでしょうよ」とからかった。「それはないわ」と笑い飛ばしつつも、不安を抱《かか》えたままやってきたのだ。

数枚の着替えと、医学書を一冊、推理小説を一冊、そして少し迷って聴診器を鞄《かばん》に詰め込んだ。

見ていた友人は「どうして聴診器なんか」と笑った。でも周子にとって、使い慣れたその聴診器は、お守りのようなものだった。

——まさかとは思うけど、医者をやめるようなことにならないように。

それから周子は急いで手紙を書いた。

急な帰省のことを一番伝えておきたい人がいたのだ。

『できれば旅立つ前に一目、お会いしたかったです。でも、わたしはすぐに戻りますゆえ、どうか心配なさらずに……』

手紙を友人に託《たく》し、周子は夜汽車に乗った。

――手紙はちゃんと、あの人に届いただろうか。

「いしゃ姉ちゃん、見えてきたよ！」

悌次郎の声で、周子は我に返る。視線の先に、懐《なつ》かしい生家が見えた。

藁葺ではあるが、この辺りにしては珍しく堂々たる構えの家だった。

温かい夕餉《ゆうげ》の匂いが、通りにまでこぼれていた。

赤子をおぶった母のせいが、通りまで迎えに出てきた。久方ぶりの再会を喜び、互いの体をさすり合う。母の痩せた体に驚いた。しばらく会わないうちに、母はぐんと老《ふ》け込んでいた。体を休める暇なく、お乳をあげているせいだろう。

周子が家を離れていた間にも家族は増え、昨秋、八人目の弟が生まれたばかりだった。

「お母さん、赤ちゃん、見せて」

「ほら、弟だよ。めんこいべ」

「ほんとだ、めんこいねぇ。抱っこさせて」

周子が赤子を抱こうとすると、悌次郎よりもっと小さい妹たちが、家の中からわっと飛び出してきた。周子はあっという間にもみくちゃにされ、引っ張られるように家の中へ入った。

父の荘次郎《そうじろう》が、たたきの上で出迎えていた。

「お父さん、ただいま戻りました」

「あぁ、よぐ帰ったな。御苦労さまだった」

「みんな、元気そうで良かった」

「お前もな。ささ、くたびっだべ。まず湯さでも入って、さっぱどしたらどうだ」

「はい、ありがとうございます。でも――」

「腹減ったが？　先にご飯にするが？」

「いや、あの……話したいことって」

「あぁ。……まぁ、慌てることはないべ。ゆっくり、な」

父はそう言って、周子から視線を外した。

土間には緬羊《めんよう》と山羊《やぎ》が飼われており、周子を見ると気ぜわしく鳴いた。

「お母さん、何か聞いていますか？」

「……ささ、いいがら早ぐ、あがらっしゃい」

母はあきらかに話を逸《そ》らした。二人の態度を、周子は訝《いぶか》った。

「イソギカエレ」と言ったくせに、なかなか話そうとしないのは何でなんだろう？　おかしなことだ。

それでも可愛《かわい》い弟妹たちに囲まれ、夕餉に美味《おい》しそうな好物が並ぶ頃には、周子の気持ちも落ち着いていた。

「周子、お前も少し酒でもやらんか。もう飲める歳なんだ」

「はい。でもお父さん、わたしは下戸《げこ》ですから」

「そう言わず、付き合え」

父が差し出した湯呑《ゆのみ》を、周子は受け取った。

初めての親子酒だ。

「東京の桜はもう散ったのだろうな」

「はい、とっくに」

「恩師はお元気か？」

「厳しくご指導頂いています。本当にありがたいことです」

父は、東京での暮らしぶりを聞いてきた。そして今日は、気恥ずかしいほどに周子を褒《ほ》めた。

　東京女子医専に入学した当時、周子は真ん中よりずっと下の成績だった。そこから努力を重ね、抜群の成績で卒業した。その頑張《がんば》りは、苦労して学校へ入れてくれた父への、最高の恩返しになっていた。

　周子は少し酒に酔い、真っ赤な顔で言った。

「お父さん、学業の成績を褒めてくださるのは嬉《うれ》しいです。けれど、百科事典のように、ただ知識があっても何になりましょう」

「あぁ。んでも、お前の知識は特別なものだがらな」

「それは単に物知りであるということにすぎません。物知りよりも何よりも、どんな些細《ささい》なことでもいいから実行する人のほうが偉いですよね」

「ん、あぁ」

「だから、実際の患者さんにあたっている今が、一番の勉強だと思っています」

「本当にそうだな……」

　そう言った父の顔が少しだけ歪《ゆが》んだのを、周子は見逃さなかった。

　故郷の夜は静かに更《ふ》けていく。ストーブの中で薪が爆《は》ぜる音が妙に大きく聞こえた。

弟たちは周子にもたれかかり、眠そうに目を擦《こす》っていた。寝かしつけようと母が立ち上がると、父がようやく口を開いた。

「周子、今日はくたびれただろう。お前ももう寝なさい」

「お父さん、わたし、話を聞かないと」

「まぁ……それは明日、ゆっくりりな」

「急ぎ帰れと言ったじゃないですか！　わたしは、取るものも取りあえず来たんですよ。ちゃんと話してくださらなくちゃ、気になって眠れません」

父は、酒の入った湯呑を床に置いた。そして背筋を伸ばし、周子の目を覗き込んだ。

「実は……お前に、折り入って頼みがあるんだ」

「頼み、ですか」

「勝手を言って大変申し訳ないのだが……」

次に続く言葉を父は、なかなか言い出せないでいる。周子は驚いた。父のこんな姿は見たことがない。辛抱《しんぼう》強く言葉を待つ。

「……三年間だけでいい、三年だけでいいんだ」

「なんのことですか？」

「お前、この村さ残って、診療所《しんりようじよ》をやってくれないか」

周子は言葉を失った。

「――頼む、周子」

「そんなの無理です」

「……悪いが、これはもう決まったことなんだ。お前に頼るしかない」

「お父さん、わたし、さっき言いましたよね？　経験が足りない医師ほど危険なものはないって。自分はまだまだ勉強中の身です。一人で診療所の医師なんて……とてもつとまりません」

「分かっている、分かっていて頼んでいるんだ」

「無理ですよ」

「実は……すでにお前の名義で、県から診療所建設の予算がおりている。着工式も終わっているんだ」

「な……」

「頼む、三年間だけお前の人生を私にくれ。もう後戻りはできないんだ」

「そんなの、騙《だま》し討ちじゃないですか！　わたしに何の相談もなく、ひどい……」

懇願《こんがん》するような父の目が悲しかった。傍《かたわ》らには、父よりも辛《つら》そうな顔をした母がいた。周子はもう、それ以上、何も言えなかった。

夜になると風が強くなった。

二階の寝床に上がると、幼い弟たちが互いの体温を寄せ合うように小さく丸って眠っていた。周子は自分の場所であろう、細長く空いた空間に体を滑り込ませた。たくさんの寝息が重なるその場所は、不思議な温かさと切なさがあった。

夜具に身を包みながら、周子は今しがた、父に言われたことを思い返していた。

「お前がこの村にいてくれる間に、必ず後任の医師を見つける。約束する。だから、頼む。父親の私に、お前の三年間をくれないか」

医師を目指すと決めたとき、いつかこんな日が来ることを心のどこかで覚悟していた。でもそれは、ずっとずっと先のことであるとも思っていた。東京に出て、日々を夢中で過ごすうち、もしかしたらこのままずっと東京で暮らすことになるかもしれないと、周子は思い始めていた。いや、そうしたいと、自らが願うようになっていたのだ。

故郷が嫌になった訳ではない。周子は今、どうしても東京を離れたくない理由があった。医師として現場で臨床を学び始めたばかりということもある。未熟な自分一人で、やっていく自信がないことも本心だ。けれど一番の理由は……東京に想う人があったから。

伊藤英俊《ひでとし》、二十八歳。職業は小学校の教師だ。

周子が初めて英俊と出会ったのは、一年半前の秋、周子が勤務する今村内科でのこと。受け持つ生徒が急病になり、その付き添いで英俊は病院に来た。腹痛で苦しむ当の生徒より、よっぽど具合の悪そうな顔をして、傍《そば》に立っていた。痛みを抑える注射を打つ様子を、真っ青な顔で見ている。

「先生、どうしましたか？　ご気分でも？」

周子が訊《たず》ねると、英俊は恥ずかしそうに「どうにも注射が苦手なもので」と言った。その正直さが可笑《おか》しくて、周子は吹き出してしまったのだ。

「わたしもなんです。注射はいつまでたっても苦手で」

「先生もですか！　いや、私はともかく、お医者さまが注射を苦手では、仕事になりませんね」

「まったくです。いつか慣れると皆は言うのですが、いつになるやら」

英俊は、周子の困ったような物言いに、声を出して笑った。

夕方、すっかり元気になった生徒と共に、英俊は帰っていった。周子の耳には、彼の屈託《くったく》のない晴れやかな笑い声が、なぜかいつまでも残っていた。

それから十日ほど後、二人は再会する。

病院の休みの日、同じ女子寮の友達と銀座を歩いていたときだった。子供たちの歓声を聞いて目を向けると、泰明《たいめい》小学校の運動場だった。

そこに、英俊がいた。

英俊も周子に気が付き、会釈《えしゃく》をした。

そこから、二人が仲良くなるのに、さして時間はかからなかった。互いの仕事が休みの日には、待ち合わせをして、銀座の街をぶらぶらとよく歩いた。その間、会話は途切れることがなく、あっという間に時間は過ぎていく。

「そうですか、周子さんのお父さまも教師だったんですか。うちの父親もなんです。最後は校長まで務めて」

「あら、うちもです」

「ヘンな体操を毎日生徒たちにやらせてました。こう、腕を天に向けて、えい！えい！」

「うちもです！」

なんだか色々と同じですね、と言っては、また笑い合った。そうしているうちに、女子寮の門限が迫ってくるのだ。

周子は、つい先週も一緒に過ごしたことを思い出していた。目を閉じると、くしゃっとした英俊の笑顔が浮かぶ。とても眠れそうになかった。

――もしも。もしも、このまま村に留《とど》まることになったなら、英俊さんは何と言うだろう。

将来を誓い合ったわけでもない、自分の気持ちさえちゃんと伝えていない相手である。考えれば考えるほど、不安で胸が潰《つぶ》れそうになる。

だが一方、この村に医師を置きたいという父の長年の夢も分かっている。周子は幼い頃から、無医村の悲惨《ひさん》さを、嫌というほど聞かされてきた。

父は、大井沢尋常《じんじょう》小学校の校長から大井沢村の村長になった。「この村に医師を」という夢は、いっそう切実なものになっているはずだ。

――あぁ、でも。これじゃあ、騙し討ちじゃないの。

暗闇《くらやみ》の中、あれこれ思いを巡らせていると、誰かが足音を忍ばせて枕元までやってきた。

「眠れないのが？」

びゅうびゅう鳴く風の隙間に、優しい声が入ってきた。

「お母さん……大丈夫よ」

「周子、悪がったな。……怒らねぇでやってけろ。お父さんも辛いんだ」

「分かってる」

「これ……明日、明るくなったら、読んでみでけらっしゃい。お父さんの日記、内緒で持ってきた。うんと昔のやつだ」

「日記……」

「これ読んで、それでも東京さ戻りたいんなら、そうすればいいっちゃ。なぁに、いいんだ。お前の人生だもの」

せいはそう言うと、周子の頭を撫でた。そしてまた足音を忍ばせて階下へ下りていった。

周子は、朝の光を待った。

白々と明けてくる太陽、その下で父の日記をそっと開く。中には几帳面《きちようめん》な父の文字が並んでいた。


昭和二年の夏休みの或《あ》る一日。

父の書斎とも、子供の勉強室ともみるべき、田舎家の奥の間。袴《はかま》の縫い直しを今日もつづけている娘と、読書せる父。

　娘は山形高女四年生。父は大井沢尋常小学校長。

「お父さん、わたし、卒業したら、その後、どうするの？」

「なんだ、自分のことを『どうするの』なんて聞くやつがあるか。お前はいったいどうしたらいいと思うんだ？」

「どうって、深く考えたこともないけど……できれば上の学校に入りたいの。女子高等師範学校にでも……」


　そこには、女学校時代の周子が語った、父とのやり取りが記されていた。これはもう日記ではない。人生の大事な一日を書き留めている記録のようだった。

　試しに、他の日付を見てみるが、やはりこの折り目の付いた部分だけ書き方が異なっていた。

　朝日の中、周子は、覚悟をもってそれを読む。

「お前は女学校の先生になりたいのか。学校では先生がたをどう見ている？　やはり憧憬《どうけい》の心をもって見ているのかな？」

「そんなこともないけど……」

「けど、なんだ？」

「お友達が上の学校を受けるのを聞くと、入ってみたいような気がするの。……お父さん！　女だってこれからは、何かお仕事ができるようになっていなければならないと思いますが……どうでしょう。せめて二部にでも入って、小学校教員の資格ぐらいは持っていたいような、そんな気がするんです」

「お前は職業婦人になりたいのか？」

「はい。でも、どんな仕事を覚えたらよいか、わたしには見当がつかないの。そんな理由じゃあ、やはり上の学校に入れて下さらない？」

「そうだなぁ、お父さんは職業に対しては、こう思っている。人間の生活に必要な仕事であったなら、職業に貴賤《きせん》はない。要するにその仕事をする人の態度、信念、主観が、その人の仕事を貴《とうと》くも賤《いや》しくもするものだと」

「よく分からないわ」

「この仕事は儲《もう》かる、この仕事は楽だ、というようなことから選んで就職するのが普通だけれど、私はあまり共感できない。この考え方があまりにも世間の人々に濃厚だから、世の中に行き詰まった問題が多くなってくる」

「ずいぶん難しいお話だこと！」

「簡単なことだよ。これは世のために必要だ、けれども誰もこれをやる人がいない、というような仕事を見つけて、それを営み、成就《じょうじゅ》させてゆくというようなことが一番貴い、意義のある仕事だと考えている」

「それでそのお考えからすると、いったいわたしはどうしたらいいんでしょう？　わたしの個性を生かす道を何に求めたらいいのでしょうか……」

「知らない」

しばし沈思黙考する、娘。

はっと目を見開き、

「お父さん、どうでしょう、わたし、医者になっては。医者にしてくださらない？」

「……医者か」

「でも医者になるにはお金がかかるようですから、どうかと思うんですけど……医専に入るというお友達もいるし、わたしも行きたいなぁと思ったことがあるの」

「医者になってどうするつもりだ？」

「どうするつもりって、ここにはお医者さんがいないので、村の人は苦しんでいるでしょう。そして誰も他所《よそ》から来てくれる人はなし、村からも医者になる人がちょっと出ないでしょう」

「そうだ。村の現状から考えると、ここで医者をしてくれる人があれば、物質的には成功と言えないかもしれんが、少なくとも千二百人の生活を守ることができる」

「それをわたしがしてはどうでしょう？　わたしはその仕事をしてみたいと思うんです」

言葉を呑む、父。

心配そうな、娘。

「お金がかかってできないですか？」

「……そうか。お前はそんな風に考えるのか！　面白い！　それがお前の真面目《まじめ》な考えだとすれば、私もじっくり考えてみよう。私は父として、父の力として、お前を高等教育まで仕込む力がない。また高等教育まで受けさせなくともよいと思っていた。けれども、千二百人の村人たちの生活を安定させる貴い仕事のために、いや、無医村の苦しみを永遠に救うために、お前が真剣にやってくれるというのなら、私も本気で考えてみてもよい。なぁに、わずかぐらいの田畑を売り払っても、そういう仕事のためなら御先祖にも申し訳が立つからな」

「これはわたしのわがままというのかもしれませんけど、もう少し思うままに勉強がしてみたいと思いましたの。お友達の中で上の学校に入る話などしているのを聞くたびに、わたしもそれができたらどんなに幸せだろうなぁと思っていました。でも今はそんな軽い気持ちからではなく、誰もかえりみてくれない千二百人に必要な、村のお医者さんになりたい心でいっぱいです。どうぞ医専に入れてください。お願いです」

「よし、お前がそう決心するなら、公益事業だ。お父さんもそのつもりで叔父《おじ》たちにも相談しよう。しかし、お母さんが何と言うかな」

「嬉しいなぁ。お母さんだって、お父さんさえ許してくれれば、きっと許してくださるわ。来春、卒業したらすぐに試験に受かるように、これから一層みっちり勉強します。親に恥をかかせるようなことはしません。きっと入ってみせます」

　そのとき、雨戸の外より母の声。

「周子、この桑を縁の下の籠《かご》へ入れておくれ」

「はい」と娘は立つ。

　父が頼もしげに見送る。

　荘次郎の日記は、そこで終わっていた。

よほど嬉しかったのだろう、この日だけがまるで映画の1シーンのごとく、一語一句刻みつけるように記されている。周子の目から涙が溢れた。

周子は思い出していた。

父は、「医者になれ」とは一度たりとも強要しなかったことを。医師になる道を選択するに際し、父の影響が無かったとは言わない。だが周子は、自ら医師になろうと決めたのだ。この村の人たちのために。今、期せずしてそのことを突き付けられた。

周子は声を出さずに泣いた。隣で寝ている弟が、甘えるようにすり寄ってくる。愛しい温もりを両腕に抱き、周子は泣いた。

ひとしきり泣いて周子は体を起こした。

もう、何も考えられなかった。涙が乾くのを待って、一階に下りていく。

朝の光の中、昨日より小さな父の背中があった。

ストーブに薪をくべている背中が、緊張しているのが分かる。

周子は、父に向き合った。

「お父さん、おはようございます」

「眠れたか？」

「……はい」

「夜はまだ冷えただろう。風邪ひかないようにな」

「……お父さん、わたし、三年間ここで頑張ってみます」

気が付くと、周子の口はそう動いていた。自分でもどうしてそうなったのか分からない。ちゃんと声になっているかも、あやしかった。

「周子……」

父の顔がみるみる歓喜に満ちてくる。その表情を見て、やはり自分は言ってしまったのだと理解した。

「そうか、決心してくれたか」

「……一人でやれる自信はないんですけど……頑張ってみます」

自分じゃない誰かが、父の喜ぶ言葉を、吐き出しているような気がした。

父は、万感《ばんかん》胸に迫る様子で周子の手を取り、頭を下げた。

「ありがとう……」

誰より安堵《あんど》していたのは、母かもしれない。せいは涙を悟《さと》られないように、そっと台所へ逃げた。起きてきた弟妹たちが、さっそく周子に甘えてくる。

「いしゃ姉ちゃん、何時《いづ》までこっちゃいられるのや?」

「……三年よ」

「え、三年って……ずっとが？」

周子は答えることができなかった。

弟の無邪気《むじゃき》な問いかけにさえ、笑顔で答えてあげられない自分が悲しかった。

周子がしばらくは家にいるということを理解した弟たちは、嬉しくて、嬉しくて、居間を踊るように走り回った。驚いた山羊が、めぇと鳴いた。

「いしゃ姉ちゃん、一緒に学校さ行ぐべ」

「ダメよ。やることがたくさんあるわ」

何の準備もなく寮を飛び出してきたのだ。たくさんの人たちに伝えなければならないことがある。誰にどんな言葉を尽くそうか……皆の驚く顔が目に浮かび、考えるだけで気が重くなる。

だが、父は違った。

「これから忙しぐなるっちゃ。さっそくだが、臨時の診療所を開こうと思う」

「臨時の診療所？　どうしてそんな」

「新しい診療所ができるまで、患者は待ってられね。うちの土蔵を改良すれば、まぁ、なんとかなるべ」

「そんなこと……さすがに無理よ」

しかし荘次郎は言うことを聞かず、張り切って大工のところへ飛んでいった。

長年の夢が叶うのだ。一分一秒も惜しいとばかりに、動き出した。周子の、どこか諦《あきら》めにも似た感情と、相反する情熱だった。

弟たちが学校へ行き、せいが裏の畑へ出ると、家はとたんに静かになった。

息苦しいほどの静寂《せいじゃく》の中、周子は、手紙を三通書いた。

ひとつは、寮で同室の女友達に。

もうひとつは、恩師に。

そして最後は、英俊に。

周子は、寮の荷物をほとんどそのままにしておくことにした。同室であり、親友の節子《せつこ》には申し訳ないが、押入れの奥にでも突っ込んでおいてもらえるように頼み、すべてを実家に送ってもらうことはしなかった。あの部屋から自分の荷物が無くなってしまったら、もう二度と東京へ戻れなくなるような気がしたのだ。

三年の間とはいえ、実家に戻ると言ったら友達はひどく驚くだろう。医師になって、たった二年の駆けだしが一人で診療所を切り盛りすると告げたら、恩師もさぞ心配するだろう。せめてきちんと相談してから、勤めていた病院を去りたかった。今更《いまさら》ながら、悔いが残る。

そして英俊は……。

周子は、心を込めて手紙を書いた。

この村の状況、父の夢、恩返しの気持ち、そして英俊に対する気持ち。

そう、周子は英俊に対する自分の気持ちを正直に書いた。

もしかしたら、こんなことでもない限り、女の自分から気持を伝えることはなかったかもしれない。そう思うと可笑《おか》しくなる。

正直に気持ちを綴《つづ》るうちに、これで、もし振られても、それはそれでいいような気がしてくる。女とは面白い生き物だ。さっきまで泣いていたというのに。

それでも、手紙を出しに行こうと家を出るときは、またぐずぐず下を向いてしまう。不安定な感情は、自分でもどうしようもなかった。

それからの周子の暮らしは、目に見えない大きな力に動かされているかのようだった。

父の行動力にもあらためて驚かされた。

暗くじめじめとした土蔵が、なんとか診療所らしく改装されようとしている。

中の設備はまったく整わないが、薬も道具も、すべてはこれから少しずつ揃《そろ》えていくつもりだった。幸いなことに、聴診器だけは使い慣れたものがある。

そんなある日、東京から、待っていた荷物が届いた。逸《はや》る気持ちを抑え荷解《にほど》きをすると、中には手紙が二通入っていた。ひとつは、友人から。もうひとつは、恩師から。

一番待っていた人の手紙がないことに、周子はがっくりと肩を落とす。

周子はまず、恩師の手紙の封を切った。

真っ白い便せんに、しっかりとした大きな文字、微《かす》かに消毒液の匂いがした。その懐かしい右下がりの文字を見たとたん、東京での暮らしが蘇《よみがえ》る。研修室の独特の匂い、皆でおしゃれをして歩いた銀座、医学書と同じ数だけあった婦人雑誌、寮の狭いベッド……。

たった数週間前のことなのに、それは遥か昔のことのようだった。あらためて、自分はずいぶん遠いところまで来てしまったのだと思う。

恩師の立花《たちばな》先生は、周子の状況を理解し、席は空けておくからいつでも戻っていらっしゃいとの言葉をくれた。同時に、これからの三年間が、周子にとっていかに勉強になるかを説いていた。

『あなたの心持ちひとつで、日々の体験が毒にも薬にもなるのです』

それは、周子の心を開かせるに十分な言葉だった。周子はここへきて、目に見えない大いなる力に捉えられた気になっていた。何の心の準備もないまま、ここで医師をやることになってしまったと、「人のせい」にして仕事を始めようとしていたのだ。けれどもそんなことは、患者にとっては何も関係がないことなのだと、恩師の手紙は語っている。

『そちらでの経験は、将来、きっとあなたの役に立つでしょう。そのためにも、目の前のことをしっかりおやりなさい。あなたが新人であるかどうかも、患者さんには関係ないのですよ』

恩師の言葉が、光の矢のように突き刺さる。

――そうだわ、勉強はどこでもできる。わたしが医師であるかぎり。

恩師の手紙を胸に抱き、ありがとうございます、と声に出す。

立花先生がたったひとつ危惧《きぐ》していることは、周子が産婦人科の勉強をあまりしていないことだった。

『辺地の医療において、産婦人科は大変重要です。おそらくあなたの故郷も、情報が十分には行き届いていないでしょう。妊娠、出産は命に直結する一大事。それがどんなふうに行われているのか、産婆《さんば》さんにどの程度の知識があるのか、心配しております』

立花先生は、自分が勉強し、使い古した産婦人科の医学書を二冊、手紙と一緒に送ってくれた。

周子はそれを大事に、机の奥に仕舞い、ページを開くことはしなかった。

――先生、ありがとうございます。この本はお守りとして仕舞っておきます。わたしは、産婦人科を勉強するつもりはありません。村にはちゃんとお産婆さんがいますし、もし産婦人科を勉強してしまったら、それこそ一生、この村から離れられなくなる気がするのです。だって、わたしがこの村にいるのは、三年間だけなんですもの。今日から心を入れ替えて、医師としての務めを果たしてみせます。だからどうか、心配しないでください――。

周子は心の中で言った。

続けて親友の手紙を開封した。すると、中からもう一つ茶色い封筒が出てきた。表には「志田《しだ》周子さま」とある。

――この文字は、もしや。

周子の心臓が一気に速まる。

『周子へ。連絡、遅くなってごめんなさい。英俊さんからの手紙を待っていました。——どう？　驚いた？　粋《いき》な計らいだったでしょ。今きっと怒った顔したよね。そしてすぐ、くしゃっと目を細めて笑うのよね。そんな周子の顔が目に浮かぶようです。このたびのこと、正直驚きました。でも、こちらは何も心配要《い》りません。あなたの荷物もしっかり預かります。わたしはいつだって、あなたの味方よ。また手紙書きます。かしこ』

年頃の娘の家に、男文字の手紙が届いたら、家族はさぞ心配するだろう。先に父親の目にでも留まったら、たいへんな騒ぎになるかもしれない。節子は、届けた荷物が誰の目に触れても大丈夫なように、心を配ってくれたのだ。

その心遣いに、周子は胸が熱くなる。

『追伸　英俊さんからの手紙、あなたにとって一番嬉しいことが書いてありますように。祈っています』

人は一生のうちで、どれほどの人に出会い、別れるものなのか。周子は我が人生において誇れるものは、出会うことができた人々だと心から思った。地球上に何十億といる人間の中で、天文学的な確率で巡り会えた宝物のような人たち。

——わたしは一人じゃない。

周子の腹にぐっと力がこもる。親友に感謝し、周子は英俊からの手紙を手に取った。丁寧《ていねい》に封を切り、覚悟をもって読んでいく。

『拝啓　周子さま――』

手紙を持つ手が震える。呼吸を整え、視線を便せんに戻した。

『お返事が遅れたこと、お詫《わ》びいたします。正直に申し上げて、状況を理解するのに少し時間が必要でした。驚きました。本当に三年間、このまま帰って来ないつもりなのでしょうか。いや、きっとそうなのでしょう。できれば一度、会って話がしたかった。もしかしたら、あなたは今、苦悩しているのかもしれませんね。でも、僕はこう思います。あなたの決断はきっと間違っていない。お父上の夢を叶えること、村人の命を守ることは、素晴らしいことだと思います。僕はあなたを応援します。周子さん、僕もあなたが好きです』

表で、弟たちの騒ぐ声が聞こえた。

学校から戻ってきたのだろう。周子は慌てて頬《ほお》を拭《ぬぐ》い、手紙を懐《ふところ》に押し込んだ。

――ここでしっかり生きよう。またあの人に会う日のために。

きっとまた会える……そのときの周子は、そう信じていた。これからこの村で何が起こるのか、想像などできるはずもなかった。

# 第二章　大井沢診療所

＊

「おまえの姉ちゃん、おっかないんだべ？　気難しいんだべ？」

その頃、私は学校の友達に、よくそんなことを言われました。

混乱しました。あんなに優しい姉が、世間の人にはそんなふうに見えるのかと思うと、不思議でなりませんでした。

東京帰りの姉は、村の人とは歩き方が違いました。いつも背筋を伸ばし、きれいに整えられた洋服を着て、凛《りん》としていたのです。

でも、けっして怖い人ではありません。むしろとても面白くて、優しくて、笑ったときの顔などは菩薩《ぼさつ》さまのようでした。

今思えば、村人たちは皆、姉が眩《まぶ》しかったのだと思います。

私がいくら「優しい人だよ」と言っても、誰も信じてくれません。それどころか、いっそう声高《こわだか》に私を囃《はや》し立てるのです。

「いしゃさま、いしゃさま、おっかねぇ」

「悪いごどすっど、注射ぶだれっぞ！」

「悌次郎《ていじろう》さ、近寄んな！」

それは学校に限ったことではありませんでした。村人たちの心無い悪口も、子供だった私の耳に届いてきました。

「村の金、いっぺぇ使って診療所建てるって？　冗談じゃねぇ」

「一丁前じゃない女《おなご》医者に、誰が命あずけられるか」

「診療所《しんりようじよ》なんて、あだなどご、わざわざ命縮めに行ぐようなもんだべ」

そんな噂《うわさ》が聞こえるたびに、私はじっと唇《くちびる》を嚙《か》んでいました。

その頃の姉は、仮の診療所になった土蔵で、ほとんど一日を過ごしていました。本を読んだり、手紙を書いたり、ハイヒールを磨《みが》いたり。薄暗い土蔵の中で、一日中、患者さんが来るのを待っていました。

でも、いつまで待っても、患者さんは一人も来ませんでした。

学校から帰ると、私はいつも土蔵に直行しました。姉の近くにいられることが嬉《うれ》しくて仕方がなかったのです。

一度、こう聞かれたことがあります。

「ねえ、悌次郎。お父さんが言うように、わたしは本当にこの村に必要なのかしら」

幼い私は、そのときうまく答えてあげることができませんでした。寂《さび》しそうに微笑《ほほえ》む顔が今でも忘れられません。

後悔しています。

「いしゃ姉ちゃんは、この村にとって大事な人だよ」

そう言って、私も微笑んであげればよかったと——。

＊

昭和十年七月一日。

志田《しだ》家の土蔵を改造して、急ごしらえの仮設診療所が開設された。

荘次郎《そうじろう》は、自身が書いた「大井沢《おおいさわ》診療所」の看板を眺め、感慨《かんがい》深げに頷《うなず》いている。

「お父さん、少しお休みになってください。掃除《そうじ》はわたしがやりますから」

「うん、大丈夫だ。すぐにでも、患者さんが来るがもしれねぇがらな。皆で手分けしてやってしまわねど」

「そうですね。患者さんは待ってくれませんものね」

東京からの便りを受け取って以来、周子《ちかこ》は別人のように張り切りだした。この日も姉さんかむりで気合十分、雑巾がけに励《はげ》んでいる。

せいも赤子をおぶったまま、表に水を撒《ま》いていた。幼い弟たちも、家族の活気につられるように土蔵の中を走り回っている。

「こら、悌次郎。机の上のものに触ったら、怒るわよ！」

「わがってる」

「どれも大事なものなんだからね！　この辺じゃ、手に入らないんだから」

「わがってるもん」

「ささ、お前だぢは、外さ行って遊んでこい」

せいにお尻を叩かれ、悌次郎と、もっと幼い妹たちは、しぶしぶ土蔵を出た。

「周子、いよいよだな」

「はい、お父さん。でも……本当に患者さん、来てくれるかしら？」

「当だり前だ。お前は、この村の夢なんだぞ。仮設診療所のごども、あっという間に広まるべ。んでも、いざ診察が始まったら、私は何も助けでやれねぇがらな。他のごどだば、何でも言ってけろな」

「ありがとうございます」

診療所開設初日は、そんなふうに過ぎていった。しかし、夕方まで待っても患者は来ず、戸に「急患の方は母屋《おもや》まで」という張り紙をして、周子は自宅へと戻った。

その晩、志田家の夕餉《ゆうげ》には、心づくしの祝い膳《ぜん》が並んだ。前年は歴史に残る冷害で、この村では一粒の米も収穫できなかったと周子は聞いている。だが、山で採れる山菜は実に豊富である。村人たちは工夫を凝《こ》らし、食べられるものは何でも食べて生き延びた。中でも月山筍《がっさんだけ》の伸び伸びとしたたくましい美味《おい》しさは、周子の心を喜ばせた。

荘次郎は、今宵《こよい》も周子に酒を勧めた。少し舐《な》めただけで真っ赤になった周子を見て、弟たちが笑った。

「ささ、もうひとつどうだ」

「明日から忙《いそが》しくなるのよ、これ以上は差し障《さわ》ります」

「んだよ、お父さん。面白がって、そんげ、飲ませねぇでけろ」

せいが困ったように笑う。

穏《おだ》やかな夕餉は続いた。

だが、翌日も患者は来なかった。その次の日も、またその次の日も、患者は来なかった。

仮設の診療所を開いてから、すでに十日が過ぎていた。未だに一人の患者も来ず、あれほど張り切っていた荘次郎にも、次第に焦《あせ》りの表情が浮かんできた。志田家の食卓では日に日に口数が減り、どんよりと重苦しい空気が流れていた。

荘次郎は、朝早くから日が暮れるまで、毎日どこかに出向いていった。たとえ周子の元へ一人の患者がなくとも、診療所建設の事案は動いているのだろう。家族には何も話さないが、父が苦労しているであろうことは、その顔を見れば予測できた。荘次郎は、その年の酷暑《こくしょ》のせいもあってか、日に日に痩《や》せていった。

そんなある日のこと。

夕餉を終えた周子に、荘次郎は一通の書面を手渡した。

「契約書……ですか」

「そうだ。私たちは父と娘だげんとも、この村の村長と村医という関係でもある。親子でこういう書面を交わし合うのはおがしな気もするが……役所の手続きだと思って了承してくれ。お前の手当なども書いであるがら、よっく確認して、納得してもらえるようだば、印を頼む」

周子は一文字ずつ丁寧《ていねい》に、契約書を読んでいった。

『――第二条。大井沢村ハ、志田周子ニ村医手当金、壱ヶ年金五百円、大井沢小学校医手当トシテ、年金三十円ヲ支給スル外、別ニ診療医トシテ俸給ヲ支給セズ――』

小学校教員の月俸《げっぽう》が五十円だということを考えれば、けっして高給ではないだろう。

契約書はこう続いた。

診療所経営の一切を医師・志田周子に委任すること、診療の収入全部を志田周子の所得とすること。

『――タダシ、診療所ノ薬価処置料ナドハ、西村山郡医師会ノ所定外ニ、出ツルコトナキモノトス。――第五条。本契約継続期間ハ、満参ヶ年トス』

最後の一行に、周子の目は留まった。

「――継続期間は満参ヶ年とす……」

周子は荘次郎を見て、ゆっくりと頷いた。

「お父さん、こちらで了解しました。しっかり務めますので、どうぞ見守っていてください」

契約書に署名捺印《なついん》する周子の手は、少しも震えていない。荘次郎の瞳だけが、わずかに揺れていた。

翌日、周子は久々に外へ出た。

思えば、仮の診療所ができてから、ろくに外出もしなかった。これ以上、日がな一日、土蔵の中にいてもしょうがない気がした。

——来ない者を待つのは性に合わないわ。

とにかく、動こう。

自らの運命は、自らが動かしていくのだ。

周子はまず、弟たちが通う大井沢小学校に向かった。村医だけでなく校医も務めることになったのだから、校長先生にきちんと挨拶《あいさつ》をしたかった。

自身も通った小学校、通称かもしか学園までの懐《なつ》かしい道を、周子は一人歩いた。少し風はあったが、どうにも蒸し暑い一日だった。すぐに汗が噴き出し、ワンピースの脇の部分が変色した。かまわず、背筋を伸ばしてずんずん歩く。

寒河江《さがえ》川の水音が近付き、眼前に山が迫ってくる。ほどなく、木造の校舎が見えてきた。それは変わらず、深い緑の山に見守られるように建っている。

校庭の真ん中を横切り、校舎へと近付く周子を、たくさんの好奇の目が見ていた。休み時間なのか、子供たちは皆、窓にへばりついている。その中の一つ、見覚えのある坊主頭に向かって周子は叫《さけ》んだ。

「悌次郎！」

周子が手を振ると、坊主頭は、ひょこっと引っ込んでしまった。

——あれ、おかしいなぁ？　見間違いかしら？

訝《いぶか》りながらも、周子は校長室へと急いだ。

学校は独特の匂いがする。懐かしくて、ちょっと切ない匂いだ。

——英俊《ひでとし》さんの泰明《たいめい》小学校も、こんな匂いがするのかしら？

周子は、東京の地にいる想い人の顔を浮かべた。とたん、胸の奥で、ちりっと音がする。

——しっかりしなくちゃ。

校長室には、歴代の校長の写真や肖像画が額に入って並んでいた。その一番端には、厳《いか》めしい顔をした荘次郎の写真がある。

——英俊さんのお父さまも、校長先生をしていたんだっけ。

　そんなことを思い出してしまい、また自分で自分を諫《いさ》めていると、引き戸が開いた。

「いやぁ、周子先生。よぐござった」

「高橋校長先生、これからお世話になります。まだまだ未熟な医者ですが、どうぞよろしくお願いします」

「いやぁ、こちらこそ、ありがとさまなぁ。校医ば頼めるごどになって、周子先生には、本当に感謝しているんだっす。んですかぁ……あなたが村長の娘さんですかぁ」

　荘次郎を師と仰《あお》ぐ現校長の高橋は、周子を上から下まで眺め、目を細めた。

「東京帰りは違うなぁ。やっぱり、志田先生自慢の娘さんだわ」

「やめてください、そんな」

「こごらの人どは着るものがら違うもねぇ。その服、スースーしねんだが？」

　高橋校長は、周子が着ているワンピースを珍しそうに見た。周子は答えに窮《きゅう》し、ただ、はにかむしかない。

「ところで、志田先生は元気だがっす？」

「はい、とっても」

「校長を引退されて、今じゃ村長さんだもんなぁ。この村に医者ば置きたいっていう長年の夢も叶うんだものね。たいしたもんだなぁ。相変わらず精力的に動いっだんだべなぁ」

「はい。ですが、色々と大変なこともあるようで……。わたしたち家族には話しませんが」

「ほれは診療所建設に関して、だべが？」

「ええ、たぶん」

「やっぱりなぁ、おがしいと思ったんだ。ほんとだったら、今頃はもう完成してるはずだものなぁ」

「え？　そうなんですか？」

周子は戸惑《とまど》った。

嫌な予感がした。

小学校からの帰り道、周子は診療所の建設予定地まで足を延ばしてみた。

——ほんとだったら、今頃はもう完成してるはず——心配そうに語った校長先生の顔が浮かんだ。荘次郎は家では何も言わないが、なにか都合の悪いことが起こっているに違いない。自分の目で確かめなければと周子は思った。

頰《ほお》を撫《な》でる風は、青い稲穂《いなほ》の香りがする。久しく忘れていた故郷の夏の匂いだ。今年はここまで順調に育っているが、収穫の日まで気を抜くことはできない。去年の分も、一粒でも多くの米を実らせてくれるよう、天に祈らずにはいられない。

風に遊ばれ、波のようにうねる青い穂に目を奪われていると、いつのまにか子供たちに囲まれていた。

「やーい、やーい、ハダガで歩いでる!」

「ハダカ?」

「ひらひら、ひらひら、ハダガで歩いでる!」

「何言ってるの?」

「悌次郎の姉ちゃん、ハダガだぁ!」

子供たちはそう言って、スカートの裾《すそ》をめくり上げ、走り去った。

「もしかして……これ? ワンピースが裸だって言いたいの?」

周子はあっけにとられ、立ち尽くす。

――悌次郎ったら、だから今日、わたしを無視したのね。きっと冷やかされていたんだわ。

確かに、この村でワンピースを着ている人など見たことがない。もんぺに着物の彼らには、ふわふわとした不安定な薄い布切れ一枚を身に着けて歩いているわたしは、変わった女性に見えるのか。

周子は、いっそう背筋を伸ばして歩いた。

——わたしは着たいものを着て、生きる。

無理やり村に合わせることなど絶対にしたくないと、周子は思った。

東京に出た当時、田舎者《いなかもの》、田舎者とからかわれ、必死で都会になじもうと努力した。本当はおしゃべりなのに、訛《なま》りをからかわれるのが嫌で、言いたいことを呑《の》みこんでいる日々だった。だけど少しずつ周りが見えてくると、自分の他にも田舎者はたくさんいた。いや、むしろ田舎者だらけだった。一緒に婦人雑誌を眺める友達もでき、周子はまたおしゃべりな女性に戻った。

——わたしは、三年経ったらまた東京に戻るんだもの。

苦労してようやく身に付けた標準語も、学んだお洒落《しゃれ》な装いも、簡単に崩したくはない。もとより、大井沢村の生活様式を否定するつもりもないが、自分はこの村の人間とは違うのだという妙な自尊心が、周子の心を頑《かたく》なにしていた。

診療所の建設予定地に着くと、荘次郎の姿があった。木にもたれるように立ち、腕組みして大地を睨《にら》んでいる。

「お父さん」

「周子……来たのか」

「学校へ挨拶に行った帰りよ。高橋校長先生が、お父さんによろしく、って」

「あぁ……そうか」

診療所になるはずの場所は、まだ基礎工事も途中であった。周囲に大工の姿も見当たらず、陽《ひ》ざしに晒《さら》されてむき出しの土台が、なんだか痛々しく見えた。

「けっこう小さいのね」

「間口六間、奥行四間。こぢんまりしてるげど、ちゃんと必要なもんは入ってるんだぞ。いいか、ここが入口、こっちが待合室、便所、診察室はここだ。それで奥が院長室」

「院長室？」

「あぁ、正確には休憩室、ってとこだべな。休むところが必要だべ。泊まり込むときもあるべしな。脇に小っちゃい台所もあるぞ」

仕切られた土の上を歩きながら、荘次郎は誇《ほこ》らし気《げ》だった。

「工事、あんまり進んでないのね」

「木材が手に入らないんだ。それに……」

荘次郎は、完成したら待合室になるであろう辺りに視線を落とし、ため息をついた。

「予算が、な」

「まさか……県からの補助金が出なくなったとか？　そうなの、お父さん？」

「いや、補助金はちゃんと出る。千五百円、予定通りだ」

「だったら」

「ここにきて、建築費だけで三千円近くかかることが分かってな」

「三千円……倍じゃない！　どうするの？」

「大丈夫だ、心配するな」

「だって……診察器具とか、薬とか、他にも色々かかるのに」

「お前が言っている器具を一通り揃《そろ》えるのに、ざっと五百円かかるそうだ。……うん、それもなんとかする」

「なんとかするって……」

「寄付集めもしているし、村の予算から出してもらう算段もある。いざとなったら、うちの田畑売り払うっちゃ」

「お父さん……」

周子は、父の新たな苦悩を知った。

同時に、父の覚悟を知った。

家族にはしんどい顔を見せず、一人でふんばっている父の姿は誇らしい。けれどそれと同じぐらい、苦々しい気持ちにもなるのであった。

役場に戻るという父と別れ、周子は一人、家路を急ぐ。

太陽が暮れかかり、少しだけ風が涼しくなると、真昼の間は休んでいた農作業を再開する村人たちが目に付いた。

周子は会釈《えしゃく》をし、彼らの横を過ぎようとした。村人も会釈を返してはくれたが、すぐさま顔を近付け内緒話を始めた。

「あぁ、あれだべ？　村長の娘」

「診療所作るがら寄付よごせなんてよ、よぐも言えるよなぁ」

生暖かい風に乗って、その断片が周子の耳に届く。

「一丁前じゃない女《おなご》医者に、誰が命あずげられるか」

「んだ。病気はロクサンに祓《はら》ってもらえば治るんだ」

周子は、自分の体が震えてくるのが分かった。早くここから立ち去ろう、聴くのをやめよう……そう思っても、かえって全身が耳になったように村人の声を受け止めてしまう。

「見ろ、ハダガみだいな服着て」

「わざわざ東京さ行って、何を勉強していだんだべなぁ」

見なくても分かった。

いやらしく笑う声で分かった。

人の悪意、謂《いわ》れのない嘲笑《ちょうしょう》、自分は今、暗い渦《うず》の中にいるのだ。


いくら、光がたくさん入るように工夫を凝らしたとしても、土蔵の中はどこか薄暗く、ひんやりとしていた。父が苦心してくれた仮の診療所だが、今日も患者の姿はない。留守の間に誰かが訪ねて来た様子もなかった。

それでも周子は白衣を着て、院長椅子に座った。今、周子の居場所はそこしかないのだから。

耳にはまだ、さっきの噂話が残っていた。

今日初めて、患者がここに来てくれない理由を知った。

それは簡単なことだった。

――村の人は、わたしを一人前の医師として認めていないのね。

父にも、母にも、そして幼い悌次郎にさえ、村人たちの声は届いていたであろう。今まで自分の耳に入らなかったのは、家族が配慮《はいりよ》していてくれたからなのだ。

周子は己《おのれ》を恥じた。

温かい実家にあっても、一人どこか孤独を感じていた自分。

可哀《かわい》そうな運命だと、自分で自分を気の毒に思っていた。

人のせいにして始めた、ここでの生活。

なのに、こんなにも家族に守られていたなんて。

周子は自分でも気付かないうちに、たった一人で生きている気になっていた。どこか諦《あきら》めにも似た感情で、東京での思い出ばかりを引き摺《ず》りながら、日々を過ごしていたのだ。

学校から戻った悌次郎が、鞄《かばん》を提《さ》げたまま、まっすぐ土蔵に飛び込んできた。

「いしゃ姉ちゃん、ただいま！」

「おかえりなさい……」

悌次郎が、周子の白衣にしがみつく。

「なぁに？　どうしたの？」

白衣にぎゅっとしがみついたまま、甘えるように鼻をくんくん鳴らした。

「消毒の匂いするなぁ」

「え、そう？　臭《くさ》い？」

「うん。いしゃ姉ちゃんの匂いだぁ」

言葉とは裏腹に、嬉しそうに鼻をこすりつけながら、悌次郎は言った。

「おかしな子ねぇ」

周子は、坊主頭をぐりぐりと撫でながら、静かに決意する。

——わたしは負けない。支えてくれる人たちのためにも。

三年間、ここで頑張ると決めたのは自分だ。今、できることをやりもしないで、このまま時間が過ぎていくのを待つことなんて、できない。

『——僕はあなたを応援します』

英俊は、手紙でそう励ましてくれた。

彼のためにも、三年という歳月をだらだらと過ごす訳にはいかない。

母屋から夕餉《ゆうげ》の匂いが流れてきて、土蔵の中を満たしていく。大切な家族の匂いだ。

「行こう、悌次郎。晩ご飯食べて、また明日からも頑張らなくちゃ」

「うん、俺、腹減った」

周子は白衣を脱いだ。

悌次郎の手を取り、家族の待つ母屋へと急ぐ。


母の料理を前に、皆がいつもの席に着く。

荘次郎は、さっき会ったばかりだというのに、また一段とやつれているように見えた。

「お父さん、食欲、ないんですか？」

「あぁ、大丈夫だ。それより、今日も誰も来なかったのが？」

「……はい」

「そうが」

荘次郎の肩がまた少し小さくなる。陰《かげ》った空気を払いのけるように、周子は言った。

「お父さん、わたし、明日から往診に出ようと思います」

「往診って、お前」

「来ない者を待つのは性に合いませんから」

「でも、いぎなり訪ねで行ったらどうなるが」

「医者の仕事は何も病気の治療だけじゃないもの。病気にならないための予防の話なんかもしたいし」

「だがなぁ」

せいの目が荘次郎に訴えかける。母も往診に出ることに賛成ではないようだ。

「周子。村のみんながお前を受け入れてくれるかどうか……」

「そうですね」

「もしかしたら、嫌な思いをすることもあるだろう」

「大丈夫です。押し売りじゃないのよ」

「そうは言うがな」

「ごめんなさい、もう決めたの」

「周子……」

「東京のね、立花先生の手紙にも書いてあったんです。『そちらでの経験は、将来、きっとあなたの役に立つでしょう。そのためにも、目の前のことをしっかりおやりなさい』って。ね？　このままぼぉっとしてたら、立花先生にも怒られるわ」

そう言って、周子は笑ってみせた。

荘次郎はもう、何も言えなかった。

つとめて明るく話す周子を、せいは心配そうに見つめている。

「お母さん、悪いけど、明日おにぎりつくってくれる？」

「おにぎり？」

「うん。おっきいの、二つ」

「お昼も戻って来ないつもりが？」

「だって、時間がもったいないでしょ」

幼い弟たちは、まるで遠足にでも行くかのように話す周子を羨《うらや》ましがった。

明日から、また厳しい毎日が待っている。そんな予感を隠すように、周子は笑顔をつくった。

往診初日……その日は朝から突き抜けるように空が高かった。太陽の光はまんべんなく大地に降り注ぎ、出羽三山《でわさんざん》の神々に見守られた里山は、仙境《せんきょう》と言うに値する美しさだ。

ワンピースの上に、真っ白な白衣を身に着け、周子は玄関先に立った。

「気を付けてな」

「はい、お母さん。おにぎり、ありがとう。いってき――」

「いってきます！」

一瞬先に飛び出した悌次郎は、周子から往診鞄をひったくって歩き出した。

「もう、悌次郎ったら！」

「ふたりとも、気を付けてな」

せいの声に後押しされ、周子も通りに出る。夏の太陽の眩しさに目を細め、周子は悌次郎を追いかけた。

右手に進めば学校、左手に進めば村外れまでの道……二人はそんな分かれ道に立っていた。なかなか往診鞄を返してくれない悌次郎に、周子は手を焼いていた。

「ほら、早く鞄返しなさい」

「俺も一緒に行ぐ！」

「何言ってるの。学校、遅れるわよ」

「んだって、いしゃ姉ちゃん、道分がるの？」

「当たり前でしょ、まかせなさい」

「んでもよぉ、俺、心配だなぁ」

ぐずぐず言っている悌次郎に、周子は効果てきめんの言葉を出した。

「学校さぼったら、お父さんに言うよ」

「うぇぇ」

悌次郎は往診鞄から手を離し、走り出す。

「ずるいぞ、いしゃ姉ちゃん！」

「じゃあね、悌次郎。勉強、頑張ってね」

「いしゃ姉ちゃんも、気ぃ付けでな」

大きく頷き、周子は前を向いた。

――さぁ、行くぞ。頑張らなくちゃ。


小一時間歩き、村外れまで辿り着く。ひときわ簡素な貧しい作りの百姓家が見えてきた。木陰《こかげ》では、主《あるじ》らしき中年の男が、山菜の皮を剝《む》いているのが見える。

周子が近付いていくと、訝しげに顔を上げ、白衣を眩しそうに見た。

「どーも、おはようございます！　診療所の周子です」

主は、何も言わず会釈を返す。

「今日は良いお天気ですね」

「……うぢさ、何の用だべ？」

「近くを通りがかったものですから、何か困ったことはないかと思いまして」

「困ったごど？　ほだな、一年中困ったごどだらけだ。いまさら、言うまでもねぇ」

「はぁ……」

　ふと、視線を感じ、周子は奥を見た。

　家の中から、腰の曲がった老婆《ろうば》がじっとこっちを見ている。目が合い、会釈をすると、さっと頭を引っ込めてしまった。

「おめ、村長の娘だべ」

「はい、そうです」

「東京さ、行ってたんでねぇのが？」

「ええ。でも、しばらくこっちで、診療所の医者をやります」

「ほぉ、おめが医者ねぇ」

　上から下まで視線を這《は》わせ、吐き出すように主は言った。昨日の村人たちの噂話が一瞬で蘇《よみがえ》る。きっとあの人たちも、こういう顔をしていたのだろう。昨日は不意打ちで動揺してしまった。けれど、今日は覚悟の上。これぐらいで怯《ひる》む訳にはいかない。

「去年の冷害は、大変でしたね。でも、今年は今のところ田んぼも順調で、良かったですね」

「ほだな、秋まで経《た》ってみねぇど、分がんね」

「それは……そうですけど」

老婆が、今度は目だけを出して、じぃっと周子を見ている。その瞳の色が濁《にご》っているのが気になった。

「あのぉ、誰か具合の悪い人はいませんか？　よかったら――」

「うぢさ病人なんていね！　だいたい、医者さまさ、払う金もねぇしな」

「お金は結構ですから」

その言葉に、主の目玉がピクッと反応した。だがすぐに、無愛想《ぶあいそう》に撥《は》ねつけた。

「忙しいがら帰ってけろ」

粘《ねば》ったつもりだが、実際には取りつく島もなかった。主に敷地内から追い出され、後ろを振り返りながら、周子は通りまで戻った。背中に、老婆の視線を感じる。気にはなったが、それ以上どうすることもできない。

次の家も同じようなものだった。

周子の姿を見つけたとたん、家人は家の中に引っ込み、木戸を立てた。次の家も、また次の家も、周子を避けるように、人々は隠れたり、農作業を始めたり、誰ひとりとして向き合って話をしてくれないのだ。

あなたとはお話ししたくありません、関わり合いたくないのです、悪いけど。そう声に出さなくとも、皆の行動はあからさまだった。最初はいちいち落ち込んでいた周子も、寒河江川の清流を眺めながら、おにぎりを齧《かじ》る午後には、だんだん可笑《おか》しくなってきた。

帰り道。

周子を追い抜きざま、一人の子供が転んだ。膝《ひざ》から血を流してベソをかく子供に、周子は軟膏《なんこう》を塗《ぬ》ってあげた。するとどこにいたのか母親が飛んで来て、慌てて子供を抱きかかえ、何も言わずに連れ去ろうとする。

「あの、おかあさん⁉」

母親はびくりと立ち止まり、振り返った。

「うぢさ、金、無いがらな！」

子供を抱《かか》え、逃げるように去っていく母親を見ながら、周子は吹き出した。周子の笑い声は徐々に大きくなり、暮れゆく里山に吸い込まれていった。

その頃、かもしか学園では、悌次郎が一人、悔《くや》しさをこらえていた。

「おまえの姉ちゃん、ハダガ！　おまえの姉ちゃん、ハダガ！」

子供たちが悌次郎を取り囲み、囃し立てている。その姿はまるで、餌《えさ》に群がるおたまじゃくしのようだ。必死になって言い返せば言い返すほど、囃し声が大きくなることを悌次郎は知っていた。だから、さっきからこぶしを握り、じっと堪《た》えている。

「こらっ、おまえら！」

担任の先生の怒鳴《どな》り声に、子供たちが跳ね上がる。おたまじゃくしが一気に蛙《かえる》になったように飛び散り、逃げていった。

「悌次郎おまえ、ハダガって、いったい何のごどだ？」

「……言いだぐね」

いくら聞いても、悌次郎は唇を噛んでうつむくだけだ。

「おまえも、ながなが強情《ごうじょう》だな。ま、いいっちゃ。男にはそういうところも必要だべ」

担任の先生が教室を出ていくと、入れ違うように入ってきた少年がいた。悌次郎の傍《そば》まで来て、もじもじと見つめているその少年は、孝史《たかし》といった。

「……なにや？　なんか用が？」

「おまえの姉ちゃん、医者さまなんだべ？」

「んだ」

「……おっかないんだべ？」

「おっかなぐなんか、ねぇ！」

「……んでも、気難しいんだべ？」

「いしゃ姉ちゃんは、優しい人だ！」

「……ほんてぇが？」

悌次郎はこくりと頷いた。

その強い瞳を覗《のぞ》き込むようにしていた孝史は、意を決したように話し出す。

「あのよ、おまえさ、頼みあるんだ」

「たのみ？」

「うん。うぢの母ちゃん、病気なんだ。おめの姉ちゃん、なんでも治せるんだべ？」

「そりゃあ、たぶん……」

「んだら、姉ちゃんさ頼んでけろ！　な、俺の母ちゃんば、治してけろ」

「ほだなごど、俺さ言われでも」

「母ちゃん、死んでしまうがもすんね！　ロクサンのお札貼っても、ちっとも良くならねぇんだ……な、頼む」

今にも泣き出しそうな顔で、孝史は悌次郎に迫った。子供の悌次郎にも、孝史の母が大変な状況であることは想像できた。

ロクサンとは、村に代々存在する巫女《みこ》のことをいう。村には昔から、ロクサンに祈禱《きとう》してもらったお札を身体《からだ》の悪いところに貼れば、病は治るという言い伝えがあった。病院もなければ医師もいない、そんな辺地においては、まじないでも神頼みでも何でもやるしかない。

「母ちゃんば、助けでけろ、悌次郎！」

孝史の指が悌次郎の痩せた肩に食い込んでいく。悌次郎はただ頷くしかなかった。

その日の夕方、初めての往診から戻ってくる周子を家族は待っていた。

難しい顔で書類を見ている荘次郎、そわそわと夕飯の支度をするせい、土間の山羊《やぎ》に餌をやっている悌次郎……皆が皆、周子の顔を見たら、どんなことをどんなふうに話そうかと思案していた。

クチキコオロギが、りゅーりゅーと陰気《いんき》な声で鳴き始める頃、周子は帰ってきた。意外にも、その顔は晴れやかだった。

「どげだった？　往診は、やんばい、いったが？」

「どこも門前払いだったわ。転んだ子供に、軟膏塗ってあげたくらい」

「そうが……」

「さ、さ、足洗ってこい。腹減ったべ。ご飯にすっべ」

せいが大きな声で言った。皆が返事をする代わりに、山羊がめぇと鳴いた。

履物《はきもの》を脱ぐ周子の背に、荘次郎は問いかける。

「今日は、どの辺りば、回ったんだ」

「午前中は、黒渕《くろぶち》の辺り。午後から、上島《じょうじま》まで行ってみたんだけどね。診察させてくれる人はいなかったわ」

「おがしいな……川越えた辺りさ、門田《もんでん》さんの家もあったっけべ？　そごは病気のばんちゃんがいるはずだ」

「やっぱり。じっとわたしのこと見てたの。何か言いたそうにね」

「会わせでもらえながったのが？」

「はい。粘ってはみたんだけど……うちには病人なんていない、って」

「あそこのおやじも、ひどいごどするな」

「ううん、違うの。みんな、白衣のわたしとどう接していいのか分かんないんだと思う」

「んだげどよ。この村の人は、長年、医者がいなくて苦労してだんだ。もう少しこう、なんていうが……」

「無理もないわ。わたしだって、わたしみたいな小娘に、いきなり医者ですって言われても、困ると思うもの」

「周子……」

「最初から信用してというほうが無理よ。心配しないで、お父さん。ゆっくりやるわ」

　それ以上の言葉を呑み込み、荘次郎はため息をつく。周子は父よりも、さっきから傍《かたわ》らでもぞもぞしている悌次郎のほうが気になっていた。

「どうしたの、悌次郎」

「いしゃ姉ちゃん、あのよ……」

「うん」

「……ごしゃがねぇでけろな。んとよ……」

「何なの？　早く言いなさい」

悌次郎は、恐る恐る、孝史の母の話をした。聞いている周子の目に、徐々に熱がこもっていく。今、脱いだばかりの白衣を着直して、周子は言った。

「お母さん、ごめんなさい。ご飯、あとでいいわ」

「いしゃ姉ちゃん、行ぐのが？」

「当たり前でしょ」

夕闇《ゆうやみ》はもう、すぐそこに迫っていた。

「なんだ、どげした？」

「お父さん、わたし、もう一回往診に出ます」

「今からじゃ、あっという間に暗くなるぞ」

周子は荘次郎の言葉を無視し、医師の顔になる。往診鞄の中身を確認しながら、素早く訊《たず》ねた。

「悌次郎、その子のお母さん、どこが痛いって言ってた？」

「俺……わがんね」

「どんなことでもいいの。どんな症状で、いつから具合悪いって？」

「わがんね……」

しゅんとしてしまう悌次郎を庇《かば》うように、荘次郎は言う。

「明日の朝一番で行げばいいべや」

「どんな病気か分からないけど、その子の話だと相当悪いんでしょ。すぐ行かなくちゃ」

「んだってお前、道、分かんねぇべ？」

「大丈夫です。お母さん、紙と鉛筆ちょうだい。お父さん、地図を書いてください」

「私が一緒に行こう」

「お断りします。お父さんが一緒じゃ、向こうも気兼ねすると思う」

せいが差し出した紙切れに、荘次郎がしぶしぶ地図を書こうとしたときだった。悌次郎が皆の前に進み出た。

「俺が一緒に行ぐ！」

「悌次郎……ありがとう。でも、ダメよ、そんなの」

「したって、孝史は俺の友達だもん。俺が道案内する。いいべ、お父ちゃん？」

痩せっぽちでチビの少年が、精一杯の強さで父の瞳を見ていた。親友の母を助けようと必死なのだろう。周子は胸が熱くなる。荘次郎も同じ思いなのか、しばしの後、頬を緩めてこう言った。

「……わがった。悌次郎、たのむな」

力強く頷く悌次郎はたくましかった。

――助けなくちゃ、みんなのためにも。

暮れゆく里山の道、その影絵のような美しさの中へ、二人は進み出す。

カンテラの明かりがゆらゆらと揺れていた。季節外れのホタルのようだ。

「そいづの母ちゃん、ロクサンのお札貼っても、ぜんぜん良ぐならねぇんだど」

「ロクサン、か。ここはそういう村だったな」

「母ちゃん、死ぬがもしんねぇって。そいづ、ベソかいっだっけ」

「可哀そうに」

――可哀そうに――それは誰のための言葉なのだろう。悌次郎の友達？　その子の母親？　医療に遅れているこの村？　もしかしたら……わたし自身、か。

「うん、まじないも大事だよ。でも、まじないじゃ治せない病気が、世の中にはあるんだ」

薄闇の中、白衣だけが青白く浮かびあがる。周子たちは先を急いだ。

ほどなくして、茅葺《かやぶき》屋根の貧しい家が見えてきた。

「あれだよ、孝史の家」

「悌次郎、あんたは先に帰りなさい。何時になるか分からないから」

「んだって――」

それ以上何も言うなといわんばかりに、周子はカンテラを押し付けた。

「わたしは大丈夫。道は分かったし、今夜はお月さまも大きいから、一人で帰れるわ」

「俺、待ってる」

「帰りなさい！」

周子の厳しい表情は、しばらく待っても変わらない。悌次郎は諦めたように後ろを向いた。今やってきたばかりの道を、振り返り、振り返り、歩いていく。

一人になった周子は、ひとつ大きく息を吐き、目の前の引き戸を開けた。

「ごめんください！　診療所の周子です」

その声で悌次郎の足が止まったことには気付かずに、周子は一歩、患家へ足を踏み入れた。

土間に立ち、もう一度同じように声をかけると、怖い顔をした主が出てきた。

「……なんだべ」

「夜分にすみません。こちらに病気のご婦人がいらっしゃると伺《うかが》ったものですから」

「誰がら聞いだが知ゃねげんとも、うぢで医者さまば、頼んだ覚えは無いな」

奥から悌次郎と同じぐらいの歳の少年が、心配そうに顔を出している。

「――すみません、わたしが勝手に参りました。病人は、その子のお母さん……ですよね？　わたしに診察させてもらえませんか」

奥からもう一人、少年の祖母らしき人物が飛び出してきた。

「医者にかがる金なぞ、うぢにはねぇ」

「診察代は結構です。とにかく、患者さんに会わせてください」

「ダメだ。帰ってけろ」

「父ちゃん！」

少年が父親の足にしがみつき、懇願する。小さな体が乱暴に振り払われるのを見て、周子もつい声を荒らげた。

「どうしてですか⁉　どうして診《み》せてもらえないのですか⁉」

「世間さまが噂してる。女医者《おなご》に診でもらっても命縮めるだげだって。それに、後から診療代いっぺ請求されるんだって」

「誰がそんなこと……そんなことありません！」

「ほれ、さっさど帰ってけろ。今からロクサンに来てもらうなだ。そだどごさ、立っていられるど、困る！」

　少年が瞳に涙をいっぱい溜めて周子を見ていた。

　――このまま帰るわけにはいかない。だけど、どうしたら……。

　思案に暮れていると、くだんの祈禱師、ロクサンがやってきた。

　ロクサンは、ゆるりと会釈をし、周子の横を通り抜け、当然のように奥の間へ上がった。

「たがし、早ぐ、戸、閉めろ！」

　土間に残った少年は、身じろぎもせず周子を見ていた。

「何やってるなだ！」

　怒声と共に奥から大きな手が伸び、孝史の腕を強く引いた。少年の体が転がるように中へ入ると、戸がぴしゃりと閉められた。

　そのとき、一瞬だが、奥に寝ている病人の姿が見えた。きっとあれが、孝史の母親だろう。その青白い頬には、もう生気が感じられない。

周子は外へ出た。震えているのは悔しさからか、虚《むな》しさからか。

――可哀そうに。

月明かりの下、周子は肩を落とし、歩いた。

しばらくすると、ゆらゆらとカンテラの明かりが近付いてくるのが見えた。

その明かりは、最初はためらいがちに、徐々に駆けるように近付いてくる。

「……悌次郎?」

「いしゃ姉ちゃん!」

「帰ってなかったの?」

「……うん」

「ダメじゃないの」

そう言った周子の顔は、少しも怒っていない。

むしろとても嬉しそうに、悌次郎の坊主頭に手を置いた。

「お腹減ったね」

「うんっ」

大きな月が、里山を静かに照らしている。

二人は家路を急いだ。

＊

子供心に覚えているのですが、当時、学校の裏手から、煙が上がることがありました。今、思い返すと、あそこは村の「焼場」だったんですね。村で亡くなった人を火葬する習慣は、その頃から始まったと記憶しています。

その日も、裏山の方で煙が上がっていました。暑い日でした。

孝史の姿が見えなくて、私は探しに行ったのです。

数人の大人たちに交ざって、姉の姿がありました。

皆から離れるように、孝史も一人、立っていました。

孝史は泣いていました。

私が近付くより先に、姉は、孝史の傍に立ちました。

「ごめんね、助けてあげられなくて」

あのとき、姉は、そう話していたんだと思います。孝史はただ、下を向いていました。

姉の、悔しそうな顔が忘れられません。

あの夜……姉と二人で、孝史の家へ行った夜から三日後に、孝史のお母さんは亡くなりました。

姉は、死んだ後にやっと、孝史のお母さんに会わせてもらいました。

それは、死亡届を書くためでした。

孝史のお母さんは白い煙になり、雲ひとつない青空へ昇っていきました。

裏山の蟬《せみ》が、うるさいくらいに鳴いていたのを憶えています。もしかしたら、姉の代わりに泣いてくれていたのかもしれません。

その日の夜、姉は珍しく、母と一緒に布団に入りました。私は寝たふりをして、二人の会話を聞いていました。

「お母さん、どうしてわたしにお父さんの日記帳を見せたの」と、姉は言いました。母は、小さな声で、ぽつぽつと、姉がこの村に戻ってくる前の話をしました。

父と母は、姉をどうやってここに呼び戻そうかと思案したようです。あえて短い電報で呼び戻したのは、父にとってもひとつの賭けだったと。

母は、手紙できちんと説明したほうがいいと言いました。けれど父は、かえって東京を離れるのが辛《つら》くなるだろうからと、詳細は伝えずに電報にしようと言いました。それでも反対する母を説得するため、父は古い日記帳を持ってきました。仏壇の奥に仕舞ってある、ずっと昔の日記帳です。そこには、姉が女学校時代に父と交わした会話が克明に書かれていました。父にとって最良の日が、そこには綴《つづ》られていたのです。母はそのとき初めてその日記を読んだそうです。大そう驚き、二人の間にそんなことがあったとは、まったく知らなかった、と。

父は言いました。

「大丈夫、周子はきっと、この日を忘れていない」と。

そして、父はこうも言っていたそうです。

「もし周子がこの日を忘れていたとしても、責めることはすまい。人は皆、今を生きている。昨日のことは昨日であって、今日ではないのだから」と。

姉は、そう、と言ったきり、あとはもう何も話しませんでした。少しして、母のものか、姉のものか、小さな寝息が聞こえてきました。だから、私も安心して眠ることができたのです――。

＊

陽炎《かげろう》が立っていた。

地面も、煙も、炎も、人間さえも、ゆらゆらと揺らめいて、すべてが天に昇っていくかのような暑い日だった。

黒い服を着た村人たちが、顔を寄せ合い、唇を歪《ゆが》ませる。

「村さ医者いるど、こういうどぎは助かるな」

「なんぼ未熟な女《おなご》医者でも、死亡届はちゃんと書げるべしな」

「まんず、今までは、仏さまなった人ば、ソリさ乗せで、峠越えて隣村の病院まで運ばんなねっけもんなぁ」

「したって、死亡届もらわねぇど、葬式も出さんねぇもの」

周子はしっかりと、その心ない言葉たちを受け止めた。

一生忘れないでおこうとさえ思った。

「……ごめんね、助けてあげられなくて」

涙をこらえ唇を噛むこの小さな少年を、周子は力いっぱい抱きしめたかった。

けれど、今の周子にはできなかった。

# 第三章　吹雪の峠

昭和十年十月。

ついに診療所《しんりょうじょ》が完成した。

雪が降る前にどうしても……という父、荘次郎《そうじろう》の強い思いが通じたのだ。

資金難に材木不足、幾多《いくた》の困難をどう切り抜けたのか、くわしいことは周子《ちかこ》たち家族にも一切話さない。ただ、かなりの強硬《きょうこう》手段だったことは想像ができた。

短い夏が終わる頃、建設予定地に再び大工たちが戻ってきた。道端にはたくさんの材木が積まれ、朝早くから日が暮れるまで、木を打つ音が辺りに響いた。

その頃、夜遅く台所で、母のせいが泣いていることがあった。茶の間では難しそうな顔をした荘次郎が、たくさんの書面を前に腕を組んでいた。

どちらにも声をかけることができず、周子はそっと二階に戻った。父の判断で我が家の財産を処分し、診療所建設の費用に充《あ》てたことは容易に想像がついた。

そうまでして完成させた父の夢が、いま、目の前にある。小さいが、立派な診療所だ。

手書きの看板を掛けた父に、周子は一人、拍手した。

「お父さん、おめでとうございます」

「やっと……ここまで来たな。んでも……なんだが、寂《さび》しい出発だな」

「胸を張りましょう」

「……あぁ、んだな」

本当なら今日は、晴れの日になるはずだった。だが、心から祝ってくれる人間はここにはいない。荘次郎は嬉《うれ》しそうに胸を張ったが、その背中は寂しそうだ。

傍《かたわ》らで弟たちがはしゃいでいるのが救いだった。弟たちは新しい遊び場を手に入れたとでも思っているのかもしれない。せいに怒られても、おかまいなしに走り回っている。

「ごめんなさい、お父さん」

「なんでお前が謝るんだ？　こんなめでたい日に」

「だって……わたしの力が至らないばかりに、寂しい出発になってしまって」

優しく首を振り、荘次郎は、待合室の柱を撫《な》でた。

この三か月、まともに患者の診察ができたことはまだなかった。二つの死亡届を書いたのと、転んだ子供に軟膏《なんこう》を塗《ぬ》ってあげたぐらいだ。村人たちは依然として、周子を医師とは認めていなかった。

父が考えるような「この村に必要な存在」にはほど遠く、むしろ、異物ですらあった。

彼らは「医者にかかれば身代《しんだい》を失う」という迷信を固く信じ切っていた。病気は何かの祟《たた》りであり、まじないの方法も病気の数だけあった。

そして何より、村人たちは死に対して潔さを持っていた。諦《あきら》めが良いというか、すぐに「これは天命」だと心得たように受け入れてしまうのだ。

――きっと、そうすることでしか生きられなかったのだろう。

そのことに気が付くと、周子はとたんに、村人を責める気にはなれなくなった。

そして医師という仕事について、あらためて考えるようになっていた。この村のたった一人の医師として、周子の目の前には、問題が山のように積まれている。

自分は医師だ。

患者の体を触り、話を聞き、治療をするのが仕事だと思っていた。

でも、これから自分がまずやらなければいけないのは、体を治すことではなく、村人の意識を変えていくことなのかもしれない。生活の、生き方の、根本を変えていかなければ、この村は遅れる一方なのだ。

――そんな大それたこと……わたし一人でできるのだろうか。

長く冷たい夜……眠れない夜には、不安で押し潰《つぶ》されそうになる。そんなとき、周子は手紙を書いた。東京にいる想い人に向けて、丁寧《ていねい》に筆を動かしていくと、不思議と心が安らいだ。

『拝啓　伊藤英俊《ひでとし》さま。お元気ですか。

今朝、窓を開けたら冬の匂いがしました。あと数日で雪が降るかもしれません。驚きましたか？　そちらはまだ銀杏《いちょう》が色づき始めた頃でしょうからね。こちらの冬は早いのです。そして、厳しく長い。四メートルも五メートルも雪が降るなんて、いくらわたしが手紙で説明しても、きっと想像できないでしょうね。

わたしは元気にしております。校医の仕事が思ったよりも忙《いそが》しく、やりがいのあるもので驚きました。

この村の子供たちは、身長も体重も、全国平均を大きく下回っています。痩《や》せているのに腹だけが膨《ふく》れていて、典型的な栄養不良状態なんです。

村の人間は一年中、いかにして食べ、腹をふさぐかに追われています。栄養を考えて蛋白《たんぱく》も脂肪《しぼう》も……などと考えている余裕も知識もないので、無理もありません。

むやみにご飯ばかりをたくさん食べるため、胃腸障害の子供が多いのにも、驚きました。一見、丈夫そうに見えても、長い間歩いたり、校庭に立っていることがあると、ばたばたと貧血で倒れてしまうのです。

校長先生とも話し合い、時間をかけて指導していくことになりそうです。そちらの小学校にも校医さんはいるのでしょうね？　どんな先生ですか？

英俊さん、最近よく、あなたをお見かけしたときのことを思い出します。銀座の小学校の校庭で、あなたが子供たちに大きな声で号令をかけていた、あのときのことを。あなたに会いたいです。

周子』

貧しい村に立派な診療所が建ったというので、しばらくは見学の者が後を絶たなかった。

だがそれは、とてもまともな見学とはいえないだろう。皆、わざとらしく前を通ったり、歩《ほ》を緩めて無遠慮《ぶえんりょ》に眺めていくだけなのだ。戸を叩いて中へ入る者もいなければ、目が合った周子の挨拶《あいさつ》に答える者もいない。

それでも初めの頃は、周子も積極的に声をかけてみた。わざと戸を開け放ち、外をうろうろしている人に、中に入ってみるよう勧めたりもした。だが、村人の反応はどれも冷やかなものだった。

一週間も過ぎると、周子は自分のほうから村の人たちを無視するようになっていた。自分にだって、医師としての意地も誇《ほこ》りもある。まるで媚《こ》びているような態度をとってしまうことに、自分自身で腹が立っていたのだ。

そんな周子を、村人たちはここぞとばかりに悪く言った。めんこくない、愛想もなにも無い「女医者《おなご》」だと。

開店休業状態の診療所で、周子はその日も暇を持て余していた。

ほとんど使ってもいない消毒液を入れ替え、注射器の手入れをしていたときだった。

ふと視線を感じ振り返ると、悌次郎《ていじろう》が近所の子供たちと一緒に中へ入ってきていた。

「いらっしゃい。悌次郎のお友達？」

悌次郎は、黙ってうつむいている。

「どうしたの？　何かあった？」

後ろに隠れていた男児が、前へ進み出た。その小さな手に猫が抱かれていた。

ぐったりとして、まるでぼろ雑巾のようだ。

「あら、その猫どうしたの？　死んでるの？」

「まだ……生ぎでるど……思う」

ようやく口を開き、悌次郎は言った。

「可哀《かわい》そうに、虫の息ね」

周子が触れると、猫は少しだけ目を動かした。目立った外傷はないが、ひどく痩せていて脈も弱い。猫の体をあちこち撫《な》でていると、ガキ大将らしき男児が叫《さけ》んだ。

「おめ、医者なんだべ？　この猫、治せるんだべ？」

傍らの悌次郎が、いっそう下を向く。

「いしゃ姉ちゃんなら治せるって、悌次郎が言うがら、連れてきてやったぞ」

「……そう」

「やっぱり治せねぇんだべ？　悌次郎、おめ、うそつぎだな」

子供たちに囲まれ、悌次郎は唇《くちびる》を噛《か》んだ。

「治せるわよ」

周子のあっけらかんとした一言に、子供たちの声が荒らぐ。

「うそだ！」

「ほんとよ。どれ、今から診察します。みんな、そこどいて」

周子は猫を診察台の上に乗せると、注射器を準備した。

子供たちは、興味津々で周子の一挙手一投足を見ていた。注射が怖いのか、半目で顔をしかめている子供もいる。周子はゆっくりと、これ見よがしに、カンフル剤を注射した。

注射針が刺さると猫はぶるるっと身震いし、子供たちも一緒にぶるるっとなった。

眠ったように動かない猫に、皆は顔を寄せ、息を呑《の》んで見守る。そのましばらく待っても、猫はまったく動こうとしなかった。

「治せねぇどれ！」

しびれを切らしたガキ大将が叫んだ。

それを合図のように、一斉《いっせい》に子供たちが責め立てる。

「悌次郎、おめの姉ちゃんも、うそつぎだな」

「ちがうもん……」

「んだっちゃ！　治せるって言ったくせに、猫、死んだままだっちゃ！」

「ちがうもん……」

「悌次郎の、うそつぎ！　おめの姉ちゃん、うそつぎ！」

子供たちはいつものごとく、悌次郎を囲み囃《はや》し立てた。それなのに周子は、一向に庇《かば》おうともせず怒ろうともしない。悌次郎は不思議に思い、隣を見た。

鼻歌でも歌い始めそうな顔をした、周子がいた。余裕しゃくしゃくで、猫と時計を交互に見ているのだ。

「いしゃ姉ちゃん……」

混乱している悌次郎をよそに、周子はフフンと鼻を鳴らした。そんな周子の態度が癇《かん》に障《さわ》るのだろう。ガキ大将の声がいっそう大きくなる。

周子はまったく動じなかった。

子供たちはついに腹を立て、診察室を出ていこうとした。

「――あら？　もうすぐ生き返るのに、見ていかないの？」

「ふん、だまされねーぞ！」

「ほら、見ていらっしゃい。そろそろよ」

そのときだった。

周子の声に合わせるように、猫がむっくり体を起こしたのだ。

心底驚き、声も出せないでいる皆の前で、猫は呑気《のんき》に「にゃぁーご」と鳴いた。

周子が得意気に胸を張る。

「ほらね」

「………おおーっ、すげぇ！」

一瞬の静寂《せいじゃく》の後、診療所は、歓声と拍手に包まれた。

その音に圧倒され周囲を見渡すと、いつのまに集まっていたのか、診療所の窓から覗《のぞ》き込む、いくつもの目玉があった。

村人たちだった。

騒動が気になって窓から覗いていたのだ。

周子は口を開いたまま、ぽかーんと窓の外を見た。

今度は周子が驚く番だった。

その日も周子は、いつものように診療所の窓を開けることから始めた。

流れ込んでくる朝の空気は、日に日に、ぴりりと尖《とが》っていた。窓から見える出《で》羽三山《わさんざん》の真っ白い綿帽子《わたぼうし》も、うんと大きくなっている。このぶんだと平場《ひらば》の初雪も近いのかもしれない。

朝の儀式はこうだ。まずはのんびりと箒《ほうき》で床をはき、ささっと水拭きをして、自分のために熱いお茶を淹《い》れ、それからやっと白衣を着る。院長椅子《いす》に腰をかけ、一通り本棚に目をやり、その日読む本を決める。押しかけ往診に出る日もあれば、校医として学校に出向き、子供たちの様子を見ることもある。

さて、今日はどうやって一日を過ごそうかと考えながら、お茶を淹れているときだった。

入口の戸が開く音に続いて、女の声がした。

「あのぉ、ごめんください」

「はーい」

こんな朝早くに誰だろうと、周子は首を傾《かし》げながら入口まで急いだ。

半分開いた戸の前に、三十半ばの女が一人、立っていた。女は周子を見ると深く腰を折り、それから顔を覗き込むようにじっと見た。

「……いしゃ先生、ですか？」

「あ、はい」

まだ白衣を着ていないことに気が付き、周子は慌《あわ》てた。

「せんせ、うぢのばんちゃん、診《み》でもらわんねぇべが?」

「え? あ、はい」

「いいのが? いがったぁ。……ほれ、ばんちゃん! いしゃ先生が、診でけるって」

女は振り返り、戸の外で待っていたらしい老婆《ろうば》を招き入れた。老婆は、少し腰が曲がっていた。周子を見ると、前につんのめってしまうのではないかと思うほど、深くお辞儀をした。

「どうぞ、診察室はこちらです」

初めての患者を診察室に案内する。緊張で右手と右足が一緒に出そうになり、焦《あせ》った。

老婆は小さな丸い椅子にちょこんと座り、付き添いの女は後ろに立った。二人は周子が白衣を着て聴診器を首に下げるまで、黙ってじっと待っていた。

二人の視線を受け、周子の指が震える。これまで、時間はありすぎるほどあった。あれだけ予行練習をし、準備は万端だったはずなのに。今、こんなふうに心の準備が整わないままに、聴診器を持つことになるとは、自分でも可笑《おか》しくなる。

「おまたせしました。今日はどうなさいましたか?」

周子は自分の椅子に腰かけながら訊いた。

患者のほうを向いて、この椅子に座るのは初めてだった。

「うちのばんちゃん、ずっと腰が痛くてよ」

「年寄りだもの、どっか痛いのなんか、当だり前だべ」

「え……あの、えっと……」

「せんせ、おれはどごも悪ぐねぇよ。おればダシにして、春子《はるこ》がいしゃ先生の顔

ば見にきたんだ」

老婆は茶色い歯を出し、にっこりと微笑《ほほえ》んだ。

「ちょっと、ばんちゃん! 何言うの!」

「わたしの顔……ですか?」

「あんた、死にかげだ猫ば、注射一本で生き返らせたんだってな」

「いやぁ……まぁ」

「おれが死にかけでも、注射一本で治してけろな」

「ばんちゃん、そういうごど言わねの」

大きな口を開けて笑う老婆に、周子も頑張りますと笑うしかない。

その老婆は、よしといった。

老《ふ》けて見えたが数えで六十だという。嫁の春子は三十六で、子供が四人いた。

「いしゃ先生、なんだが、どっちが患者か、分がらねぇ顔してんなぁ」

「すみません……」

「ほだい緊張すねで、な。どれ、せっかくだがら、おれの体ば診るが？ ここさ寝るど、いいんだべ？」

よし婆《ばあ》はそう言って、自ら診察台に横になった。なんだかおかしなことになってきたが、周子は言うとおりにする。たいそう厚着の着物をめくると、痩せた固い皮膚《ひふ》が見えた。

「お腹、触りますね。痛いところあったら教えてください」

周子は両手を温めるように擦《こす》ってから、そっと、よし婆のお腹に手を当てた。押したり、とんとんと響かせたり、全神経を指先に集中させている。

「ほぉ……おなごで、たいしたもんだな」

「次は胸の音、聞かせてください」

慎重に、丁寧に、聴診器を当てていく。

さすがのよし婆も、だんだん神妙な患者の顔になっていった。

「……いしゃ先生」

「はい」

「この村さ、戻って来てけっで、ほんてん、ありがとさまな」

突然の言葉に、周子の胸はいっぱいになる。

「あぁ、これで安心して、この村で死ねるっちゃ」

「もう、ばんちゃんったら」

「んだって、おれはよ、死んでがらまで皆さ難儀かげで、死亡届もらうために、隣町まで運ばれだぐなんか、ねぇよ。冬は寒いべしなぁ」

「死んだら寒いもなんもないべしたぁー」

周子の口から思わず「あぁ」と声が漏れる。

次の瞬間、三人は顔を見合わせて笑い出した。こんなに笑ったのは、この村に戻ってから初めてかもしれない。

あんまり笑い過ぎて涙が出た。

「ごめんください！　せんせ、いるがっす？」

上がった呼吸を整えていると、入口のほうで男の声がした。また誰かが来たようだ。

「はーい、少しお待ちください！」

周子は大声で返事をし、立ち上がった。

診療所の入口に、野良着の男が立っていた。周子が会釈《えしゃく》すると、男は後頭部を擦りながら言った。

「せんせ、あのよっす、ここらへんサワサワするんだげど、診でもらえるべが？」

「分かりました。こちらの帳面に名前を書いて、そこの部屋で待っていてください。次にお呼びしますので」

男は帳面の前に立ち、戸惑《とまど》っている。

「あの、どうかしましたか？」

「名前……書がねど診でもらえねぇのが？」

周子ははっとした。この人はきっと文字が書けないのだ。

「大丈夫ですよ。座って待っててください」

そう言い置いて診察室に戻ろうとすると、今度は女がやってきた。女は周子を見て会釈をし、恥ずかしそうに下を向いた。

「順番にお呼びしますので――」

「こごで待ってろってよ」

　野良着の男が、傍らの畳をぽんぽんと叩いた。そうしているうちにも、また一人、一人と村人たちはやってきた。狭い待合室は、あっという間に病人でいっぱいになった。

　いったいどうしたというのだろう。よし婆と春子のように、猫の噂を耳にしたから患者たちはやってきたのだろうか。ゆっくりと考える暇もないまま、周子は聴診器を握った。無我夢中で診察を続ける。

　周子の専門は内科だが、患者たちにそんなことは関係ない。歯が痛いという人、足をくじいた人、目を腫《は》らしている人、背中が痛い人……誰も自分の専門に病気を合わせてなどくれない。周子は医学書を片手に、必死で診察を続けた。

　そうしているうちにも次から次に、患者は来た。腹が痛い人、風邪を引いた人……村人たちは周子のたどたどしい診察を不安がりながらも、自分勝手に診察を待った。自分の順番じゃないのに、診察室を覗きにくる者もいた。

　夕方近く、一人の患者に注射を打ったとき、大きな悲鳴が上がった。その悲鳴を聞いて、数名の患者が待合室から消えた。

長い一日だった。

だが、あっという間の一日だった。

その晩の夕餉《ゆうげ》は、いつもより遅い時間になった。家族は食事をせず、周子の帰りを待っていた。

周子はとても疲れていたが、その顔は見たこともないぐらいに晴々《はればれ》としている。荘次郎の晩酌《ばんしゃく》もすすんだ。

「そぉが、患者さん、そんなにいっぺぇ来たのが」

「はい」

「んでも、なんでいぎなり……」

首を傾げる荘次郎に向かい、悌次郎が誇《ほこ》らしげに声を張る。

「猫、生き返らせたがらだ！」

「……猫？」

「悌次郎、余計なことは言わないの！」

続けて悌次郎の口が開く前に、周子がぴしゃりとやる。どうして自分が怒られるのか分からず、悌次郎はふくれた。

「とにかく、いがったねぇ。今日は忙しくてお昼ご飯もろぐに食べられながったんだべ？　いっぺぇあがっしゃい」

せいの声が弾《はず》んでいる。

母はこんな日を長らく待っていたのだろう。そう思うと、胸がちりりと痛む。

「誰か助手を雇わねばな。薬のことは周子しかできないが、受付だって会計だって一人では大変だべ」

「それはそうだけど……今、そんな余裕はないわ」

「給金が。そうだ、今日一日で、なんぼぐらい集金でぎだもんだ？」

「それが……お金、誰も払ってくれないの」

せいの表情が一変した。どういうことかと母に問われ、言葉を選んでいるときだった。

「払いたくても、払えねぇんだべ」

やりきれない心を隠さず、荘次郎は言った。

「お父さん、それもあるでしょう。でも……」

「なんだ？　ちがうのが？」

「……あそこではお金払わなくても診てくれるんだって……そう聞いたから来た

んだ、って」

「誰がそんな」

「……わたしです、お父さん」

さすがの荘次郎も絶句する。

「往診に行ったとき、そんなようなことを、あちこちで言いましたから」

「困ったな」

「すみません……。でも払える人には払ってもらえるよう、少しずつやっていきますから」

せいの唇が震えている。何か言いたいのを必死でこらえているのが分かる。一方、荘次郎はすべてを呑み込み、黙々と晩酌を続けた。

ようやく訪れた温かな夕餉だったが、一瞬で冷たいものになってしまった。

「……今晩は診療所に泊まります。夜も患者さん来るかもしれないので」

周子はいたたまれず席を立った。

土間へ下り、引き戸を開ける。寒さに身がすくんだ。暗闇《くらやみ》の中へ一歩踏み出したとき、せいの声が聞こえた。

「……お父さん、うぢは大丈夫なんだが？　診療所の予算だって県からの千五百円では、ぜんぜん足りねくて……。うぢの財産だってずいぶん処分して、この上まだ――」

「やめろ。周子に聞こえる」

「んでも……うぢだって、小っちゃい子いっぺぇいで、これがら学校さ入れらんなねのに、なんぼ村のためでも、こだなごど続げっ――」

「あど言うな！」

こんなふうに父が怒鳴《どな》る声を、周子は初めて聞いた。思い出す限り、記憶にはない。

周子は夜空を見上げた。

星ひとつない暗闇はどこまでも深く、冷たくすべてを包み込む。周子は足を一歩前へ動かした。襟《えり》を立て、診療所までの道を急ぐ。

ふと、きらりと光るものが落ちてきた。

「……あ……」

淡《あわ》い光を放つ小さな粒が、周子の肩に落ちては消える。

今年初めての雪だった。

『拝啓　伊藤英俊さま。お元気ですか？　お変わりございませんか？　こちらは、初雪が降りたと思ったら、あっという間に銀世界になりました。冬になるとたんに往診の依頼が増え、驚いています。

患者はほとんどが老人と幼い子供で、厳しい冬を乗り切れない弱者です。片道十キロも歩いて、患家に向かうことが少なくないのですよ。

夏でも大変なのに、真冬のそれは本当に命懸けで……なぁんて言っても、東京育ちの英俊さんには想像もできないのでしょうね。そんなこと言ったら怒られるかしら？　いや、心配してくださるかな？　でもどうか心配しないでください。けっして無理はしませんから。

村の人たちもみんな親切です。これでもわたしは、村の人たちに頼りにされているのですよ。だから……わたしは頑張れるのだと思います――』

手紙に書いていることが、本当のことだけでないのは、自分が一番よく分かっている。けれど、嘘でも何でも元気になれる言葉を文字にしているうちに、周子自身が救われていた。おかしなことだった。

今年の積雪量は記録的だ。

まだ十二月だというのに、道と田んぼの境目に立てられた竹竿《たけざお》も、すでに頭が少し出ているだけになっていた。この分では、ほどなく村から道が消えるだろう。

腹痛で苦しんでいる男がいるとの知らせが届いたのは、午後を少し回ったとき
だった。まだ明るいうちに、しかも晴れているのが救いだった。

風が出てきたようだ。周子は黒マントの襟を合わせ、患家へ急いだ。

「ごめんください！　診療所の周子です」

土間で雪を丁寧に払い、奥の間へ上がる。

囲炉裏《いろり》の横に布団が敷かれ、三十半ばの男が寝かされていた。額には脂汗がに
じみ、かなり苦しんでいる。

「診察しますので少し下がってください」

息子に張り付くように座っている女親と男親に向かって、周子は言った。男親
はすぐにどいたが、女親のほうは周子を睨《にら》みつけるだけで動こうとしない。仕方
なく周子は、反対側へ移動し、脈をとった。

「痛みは、いつ頃からですか？」

「二日前ぐらい……がな、ばあちゃん？」

嫁に訊《たず》ねられても、女親は口を開こうとしない。代わりに男親が答えた。

「腹の具合がおがしい、なんか変だって言いだしたのは一昨日だ。んでも、こんげぇ苦しみだしたのは今日だな」

「お腹、触らせてもらいます」

寝間着をめくって触診すると、男は体をよじらせ痛がった。そのうめき声に合わせるように、幼い子供たちがぐずりだす。

「せんせ、どげですか?」

「盲腸《もうちょう》だと思います。痛み止めの注射、打ちますね」

「ちょっと待で。なんぼ、かがるんだ?」

男親が鋭い声で言う。周子は、診察の手を止めずに返した。

「診察代のことは後にしましょう」

「そういうわげにはいがね! 治るがも分がんねぇ注射ぶだれで、高《た》っがい金だげ取られでは困る」

「これは痛み止めです。この注射で治るわけではありません。注射で落ち着かせて、病状が安定している間に、隣町の病院まで運びましょう」

「隣町の病院だど? おめが治せ!」

「申し訳ありませんが、わたしは手術できませんので。診療所には設備もないし、そもそも、わたしは外科医ではないですから」

「おめの言ってるごどは、さっぱり分がらね」

吐き捨てるように、男親が言った。

「……医者のくせに、おめは治せねぇのが？」

初めて女親が口を開いた。

敵意と猜疑心《さいぎしん》がむき出しの声だった。

「……はい、わたしには治せません」

女親の目がわずかに侮蔑《ぶべつ》を含んでいた。悔しさをこらえ、周子は頭を下げる。

「痛み止め、打たせてください」

どれぐらいの間、そうやっていただろう。患者の苦しそうな息づかいと、嫁が義父母に懇願《こんがん》する声が続いた。

「……金は払わねぞ」

吐き出すように男親が言った。

「治せねぇんなら、当だり前だべ」

女親が念を押した。

「……分かりました」

周子は、集中して注射を打った。男はすぐに落ち着き、そのまま眠りに落ちた。

「……父ちゃん⁉　父ちゃん⁉」

「大丈夫です、寝ているだけです。とりあえず痛みは抑えました」

「とりあえずだど？」

「はい。時間が経《た》てば、また必ず痛み出します。まだ明るいうちに、すぐに隣町の病院へ運んで手術しないと」

「簡単に言わねぇでけろ！　この吹雪《ふぶき》に人足《にんそく》頼んで、病人ば運ぶなんて」

いつのまにか、外は吹雪になっていた。この雪はきっと明日まで止まないだろう。ここでほっとしている場合ではないのに、患者の家族にはそれが伝わらないのだ。

「お願いです、今すぐ患者さんを隣町の病院に」

「病気のたんびに、わざわざ隣町の病院まで行がんなねようじゃ、なして、おめがこの村さいるのや？」

「それは……」

「設備がねぇとか、言い訳だべ。おめが未熟なんだべ」

「盲腸は怖い病気なんです。早く手術しないと手遅れになります。でも、わたしは手術できる資格を持っていないのです。また痛み出したら――」

「そしたら、まだ、せんせが注射ぶってくれればいいべや。見でみろ、なんともないみだいに、よっく眠ってるどれ」

「村の男衆に頼んで箱ゾリを手配してください。早く運ばないと――」

「帰ってけろ！」

結局、周子は吹雪の中へ投げ出されるように、表へ出された。「学校出たての女《おなご》医者が！」という女親の罵声《ばせい》を背負って。

診療所までの帰り道。

たった一人で吹雪の道を進みながら、周子は思った。

――頑張っても、頑張っても、感謝されるどころか、酷《ひど》い言葉でののしられ、叩き出される……わたしはいったい何のためにこの村にいるんだろう。あぁ、だけど、全部放り出してしまうことなんて、わたしにはできない。目の前で死にかけている人がいるのに、何もしないでいられるわけはないのだ。だって、わたしは医者なんだから。

その夜、周子は眠らなかった。

いつでも出かけられるように服を着たまま、診療所のストーブの前で待機した。

時計が午後八時を回った頃、戸を叩く音がした。

「せんせ、いしゃ先生!」

患者の嫁の声だった。

周子は急いで火の始末をし、表へ飛び出した。

夜半になり、風も雪も強さを増していた。視界は、ほぼゼロだった。自分たちが遭難するかもしれない危険を負いながら、周子は必死で嫁の後ろをついて歩いた。

真っ黒い闇の中から、大粒の白い塊《かたまり》が横なぐりで向かってくる。今しがた付けたばかりの嫁の足跡も、すでに消えかかっていた。

行く手に、ぼんやりと家の明かりが見えてくると、二人はほとんど転がり込むように、その中へ飛び込んだ。

「せんせ連れてきたよ!」

嫁が叫ぶと奥から男親が出てきた。

その曇《くも》った顔で、さっきより深刻な状態であることが分かる。

「……父ちゃんは？」

「よぐねぇ……」

目を伏せ、首を振る男親を見て、嫁は奥の間へ駆け上がった。周子も急ぎ、続く。

一瞬、女親が憎々《にくにく》し気に周子を見た。

患者の男は、さっきよりいっそう苦しそうだった。呼吸が早い。

周子は注射を打つ準備を始めた。今度は、許可も取らずに、だまって打つ。

「箱ゾリで隣町まで運びます。すぐに男衆を集めてください」

「したって、お前」

「手遅れになってもいいんですか⁉」

ためらう男親を周子は怒鳴りつけた。

「一刻を争うんです。早く！」

男親はよろよろと立ち上がり、外へ出ていった。今度は、痛み止めの注射を打っても、患者は眠らなかった。のたうちまわりはしなくなったが、呼吸も弱く、まるで虫の息だ。

周子は脈をとり、瞳孔《どうこう》を確認した。

さっきまでとは別人のような弱々しい声で、女親が聞いた。

「間に合えばいいのですが」

祈るように答える。

傍らで、嫁と幼い子供たちが泣いていた。

「布団《ふとん》とか患者さんを包むものを集めてください。湯たんぽとか、焼いた石とか、とにかく工夫して温かくしないと」

「せんせ……」

「急ぎましょう。わたしも同行します」

「父ちゃんが死んだら、おれ……」

「しっかりしなさい！　泣いている場合ではありません！」

嫁は弾《はじ》かれたように動き出した。

そして一度動き出したら止まろうとはしなかった。溢れる涙を拭《ぬぐ》いもせず、ひたすら忙《せわ》しなく、ときに患者の名を呼び、子供たちをなだめすかし、患者を温める努力をし、集まってくる村人たち一人一人に頭を下げて回った。自分が動きを止めたら患者の命も止まってしまうかのように、嫁は動き続けた。

「……死ぬのが」

その間、女親はただ呆《ほう》けたように、息子の傍《そば》に座っていた。

隣町の病院まで二十キロ以上はあるだろう。

普通に歩くのさえ困難な距離を、猛吹雪の中、患者を箱ゾリに乗せて引き進む。その難儀さは、どんなに言葉を尽くしても容易に伝えられるものではない。男親がどんなふうに皆を説得したのか、小一時間もしないうちに三十人もの男衆が集まったことに周子は驚いた。

男衆は一杯ずつ酒をあおり、顔を引き締め吹雪の中へ飛び出していった。先頭は、かんじきで雪を踏み固める役目の人たち、続いてカンテラを持つ人と、箱ゾリの縄を引く「引き手」たちだ。総勢三十人ほどの集団が、ひとかたまりとなって突き進む。

周子は患者の横を寄り添うように歩いた。往診鞄《かばん》を持つ手が、冷たさを通り越して激しく痛んだ。

時折、患者が苦しさにうめき声を上げた。その度に箱ゾリを止めてもらい、震える手で注射を打った。付き添った男親と交互に患者の名を呼び、励《はげ》まし合い、体を擦る。引き手の男衆も、皆が持ち場を交代しながら、なんとか前へ前へと進む。

リーダーらしき男が、吹雪を切り裂くような大声で叫んだ。

「いいが、もうすぐ夜明けだ！　みんな、負げるんでないぞ！」

おおーっ、という地鳴りのような男たちの声が続く。なぜか、風が和《やわ》らいだ気がする。

周子は感動していた。

こんなときに不謹慎《ふきんしん》かもしれないが、この男たちの団結力に心の底から感動していた。

「よし、峠《とうげ》だぞ！」

「おおー」

「がんばれよー、ここ越えれば隣町だ！」

「おおー」

最後の関門と言わんばかりに、風が鳴く。峠を上り始めると、誰からともなく掛け声が起こった。

「……よぉ～いさ、よぉ～いさ、よぉ～いさ……」

あと少しで峠のてっぺんだ。皆の手にもいっそう力が入る。

——そのときだった。

「止めてください！」

周子の顔に緊張が走る。皆の意識も患者に集中する。

昇り始めた太陽が、患者の顔を優しく溶かしていった。

患者は短く息を吐き出し、こと切れた。

「死んだのが」

「……はい」

「峠、越えられなかったが……」

男親が、息子につっぷして泣いた。

誰かが送葬《そうそう》の歌を歌い出す。

すぐに皆が続く。

綾《あや》に　綾に　奇《くす》しく尊《たう》と
月《つき》の　御山《みやま》の　神《かみ》の御前《みまえ》を
拝《おろが》み奉《まつ》る

綾に　綾に　奇しく尊と
月の　御山の　神の御前を
拝み奉る

それは、月山《がっさん》神社の祝詞《のりと》だった。
長く、山の神々と共に生きてきた村人たちが、大切に、伝え守ってきた神道《しんとう》の言葉だ。
朗々とした男たちの声が、真冬の峠に響き渡り、雪と合わさり消えていく。
明けてくる新しい一日。
風がやんだ。
一団は向きを変え、今来た道を引き返す。
箱ゾリはそのまま、死者を送り出す箱舟になった。

# 第四章　春、遠く

＊

「見て、悌次郎《ていじろう》。このハイヒール、素敵でしょう？」

　あの頃の姉はよくそう言って、一人、革靴《かわぐつ》を磨《みが》いていました。そんな歩きにくそうな靴の何が良いのか、私は首を傾《かし》げるばかりでしたが、椅子《いす》に座ったまま、片方だけを足にはめ、子供のように空中でぶらぶらさせている姉の姿を見るのは好きでした。

　もともと手先が器用な人だったので、身に着けているものはほとんどが自分で作ったものでした。東京の友達から送られてくるハイカラな雑誌を切り抜き、それらを見本にして洋服を縫ったりもしていましたし、古い毛糸を染め直し、セーターやらチョッキやらも、よく編んでくれました。なにぶん、弟も妹もたくさんいたので、今、姉の手にかかっているのが誰の分の何なのか、私たち兄弟はケンカしながら当てっこしていたものです。

あれはクレゾール液、というのでしょうか？　姉の手で作られたものは、どれも独特の匂いが染み込んでいて、私は大好きでした。今でもふと、何かの折に、その匂いが鼻腔《びこう》に飛び込んでくると、当時が懐《なつ》かしく思い出されます。だけど、そんな淡《あわ》くて甘い記憶は、すぐに苦しい記憶へと変わるのです。

その頃の姉は、毎日毎日、暦《こよみ》を眺め、一日一日を塗《ぬ》り潰《つぶ》すかのように過ごしていました。たまに、診療所《しんりようじよ》の棚の奥から箱を取り出しては、中を覗《のぞ》いてニコニコしていることがありました。……いったい何が入っていて、そんなに嬉《うれ》しくなるのか……私は不思議でした。

一度だけ、姉の目を盗んで箱の中身を覗いたことがあります。中には、封筒がたくさん入っていました。写真も一枚ありました。髪の毛をきっちりと七対三で分けて白いシャツを着ている、知らない男の人が写っていました。場所はどこかの学校の校庭みたいです。眼鏡《めがね》をかけたその人は、腕組みをして少し顔を反《そ》らせ、笑顔でした。

当時十歳にも満たなかった私は、それらに何の意味があるのか分かりませんでした。でも、今なら分かります。あの箱の中には、姉の「生きる希望」が入っていたのです。

昭和十三年。

姉が大井沢《おおいさわ》で過ごす最後の冬が終わろうとしていました。厳しい冬を三つやり過ごし、幾人《いくにん》もの死者を見送り、大井沢診療所の患者は日増しに増えている頃でした。

私たち家族にとって忘れられない春が来るのです——。

＊

その日、往診に出ていた周子《ちかこ》は、眩《まばゆ》い光の中を歩いていた。

黒マントに往診鞄《かばん》、足下はかんじきという格好はいつものそれだが、今日の周子は春の気配をまとっていた。一年に数えるほどしかない冬の陽気な太陽、それを存分に味わっている里山の姿を感じ、表情も自然と明るくなった。

どの方角を向いても真っ白な雪原《せつげん》……そこにはすでに道という境目はなく、自分が付けた足跡がすなわち道となる。

ウサギやテンの小さな足跡、この辺りでは「ばんどり」と呼ばれるムササビやリスが木々を飛び回る気配。厳しい冬を生き抜いた生き物たちの息遣いを見つけ、周子の心も弾《はず》む。

吹雪《ふぶき》の日の往診は、本当に恐ろしく厳しいものだが、今日は違う。太陽の光を存分に浴びて、一つ一つの雪の結晶が銀色に輝いているのだ。まるで宝石箱の中を歩いているような気にさえなってくる。

確実に春が近付いていた。

周子、二十七歳。待ちに待った、三年目の冬の終わりだった。

「ただいま戻りました」

かんじきを脱ぎながら、奥へ声をかける。

大きなお腹《なか》を抱《かか》えたせいが、よっこらしょっと出迎えた。

「お母さん、わざわざ出てこなくていいのよ。土間は冷えるでしょ」

「なぁに、これぐらい。なんともねぇ。寒《さ》んむいどぎも、暑《あ》っついどぎも、なんともねぇがった。おれは八人も産んでるんだぞ」

周子にとって八人目の兄弟が、この春にも生まれる予定だ。周子が東京へ戻るのが早いか、せいのお産が早いか。一刻も早く東京へ戻りたいのは山々だが、周子は一度この手に赤ちゃんを抱いてから旅立つつもりでいた。

「今日は、なんだて良い天気だごどなぁ」

雪囲いの板木の隙間《すきま》から差し込む光を見て、せいは目を細めた。

「ほんと。でもこれだけお陽《ひ》さまが照っても、土蔵の雪、ちっとも溶けないのね」

「まだ二月だものぉ。あだりめぇだ」

「ねぇ、お母さん。こんなにたくさんの雪、本当に消えるのかしら、って思わない？」

「おれも毎年心配なるげどなぁ。んでも、ちゃんと毎年、夏来るもんなぁ」

せいがしみじみと言う。その声色も、しゃべり方も、どこか滑稽《こっけい》で力が抜ける。

母との会話もあと二月ほどだと思うと、周子はとたんにこの時間が愛しくなる。せいの腹に耳を当て、声をかけた。

「こんにちは。いしゃ姉ちゃんですよぉ。……あれ？　今、動いた？」

一瞬、せいが顔を歪《ゆが》めたのに、周子は気付かなかった。せいの腹はあまり大きくせり出ていないので、妹かもしれないと家族は話していた。

周子が去った後の診療所に来てくれる医師は、まだ見つかっていない。そのことで荘次郎《そうじろう》が日夜走り回っていることも知っていた。けれど周子はもう、自分の人生を生きると心に決めていた。この三年間、できうる限りのことをしてきたつもりだ。だから父には申し訳ないが、契約期間が終了した暁《あかつき》には、胸を張ってここを出ていく……周子はそう決意していた。

周子にはすでに弟妹が七人いた。

すぐ下の弟、陽太郎《ようたろう》は高等学校に通うため山形市で寮生活をしている。その下の妹、峰子《みねこ》はすでに隣町へ嫁《とつ》いでいた。

今、この家にいるのは悌次郎のすぐ上の姉、道子《みちこ》と、悌次郎の下の妹、悦子《えつこ》と富美子《とみこ》、そして一番下の弟、育三郎《いくさぶろう》だった。

「お母ちゃん、しょうゆ取ってけろ」

「それぐらい自分でやりなさい」

中学に上がった道子は、いつも周子に怒られてばかりいる。

「お母ちゃん、抱っこぉ」

「だめぇ、あたしが先」

「ほら、もう。行儀よくしなさい。お母さん、まだ食べ終わっていないでしょ」

六つの悦子と四つの富美子が、いつものように片方ずつせいの膝《ひざ》に乗り、競い合うように甘えている。それをたしなめるのも周子の役目だ。

「はいはい、大丈夫だよ。みんな、こっちゃ来い」

「あんたたちは甘えすぎなの！　お母さん、お腹大変なんだから！」

「なんだて、厳しいお姉ちゃんだごどなぁ」

両膝の上の小さな頭を撫《な》でながら、せいは言った。

そうこうしているうちに、末っ子の育三郎までが母にくっつき出す。姉二人の間にもぞもぞと割り込んで、せいのお乳に顔を擦《す》りつけると、それが合図とばかりに、せいはお乳を引っ張り出した。育三郎が嬉しそうに温かい乳房《ちぶさ》にしゃぶりつく。

周子はたまらず声を荒らげた。

「お母さん、もうそろそろ、お乳やめさせたら？　育三郎は、もうすぐ三つになるんでしょ？」

「んだって、飲むんだもの」

「飲みたいだけ飲ませてたら、母親にも子供にも良くないのよ」

「はいはい、次の子が生まれだら、やめさせるべっちゃ」

周子は呆《あき》れたようにせいを見た。

母はいつもこの調子で、周子はまったく敵《かな》わない。そんないつものやりとりを見ながら、荘次郎は黙って機嫌よく晩酌《ばんしゃく》をしているのだった。

「ほぉいえば、陽太郎んどごさ、ちゃんと餅《もち》届いだべが？」

親元を離れて寮生活を送っている長男を、せいはひときわ気にかけていた。大雪で正月も帰ってこられなかったのを、いつまでも不憫《ふびん》に思い、寂《さび》しそうに目を細めるのだった。

「やっぱり小豆《あずき》も一緒に入れでやれば良かったがもなぁ」

「お母さん、小豆なんて送っても、あの子はあんこ炊《た》けないわよ。いいの、餅だけで。ストーブで炙《あぶ》って、醤油《しょうゆ》つけて食べたら立派なもんじゃない」

「お前は醤油餅が一番好ぎだからいいべげどよぉ」

「そりゃあ、まぁ、そうだけど」

「陽太郎は、あんこ餅が好ぎなんだ。あぁ、食べさせでやりでぇなぁ」

「次に帰ってくるときには、いっぱいこしらえましょ」

「んだなぁ。盆休みまで会えないがもなぁ。ちゃんと、ご飯食べでるがなぁ。まだ背ぇ伸びだんだべなぁ」

せいの目がいっそう細くなり、目尻の皺《しわ》が優しくたわんだ。

腕の中では育三郎がお乳をくわえたまま眠っている。周子はそっと引き離し、自らが抱いてやろうとした。すると、寝ていたはずの育三郎はいやいやと首を振り、むずかった。

「もう、どうしてお母さんじゃないって分かるのかしら？」

「んだねぇ。なしてだべねぇ」

そう言ったせいの顔は、なんだか嬉しそうだった。

翌日は、打って変わって灰色の空だった。朝から患者も少なく、昼頃に大粒の雪が降り出すと、診療所はすっかり静かになった。

周子は奥の棚から竹籠《たけかご》を引っ張り出すと、ストーブの前に陣取った。

竹籠の中には、薄茶色の毛糸がたくさん入っていた。かぎ針の一本編みで、器用に毛糸を編んでいく。手の中にあるのはチョッキの前身ごろのようだった。大きさからして、大人のものか。まだ、へそも隠れないぐらいしか、編み上がっていない。

「弟たちのせいで、すっかり後回しになっちゃったわ。フフ、これが完成する頃には、東京では桜が咲き出すわねぇ」

誰に言うともなく一人声に出し、周子は微笑《ほほえ》んだ。

かぎ針を操っていると、ふと、口元から歌がこぼれた。

それは女子医専時代に仲間と一緒に歌った、『東京行進曲』の替え歌だった。

♪　講義いやいや　いねむるよりは
　いっそさぼって出かけましょう
　変わる寄宿舎　あの玄関に
　いつも舎監の目が光る　♪

……あと少し……あと少しで、あの場所へ戻れる。

そう思うと、自然と心が弾んだ。

親友と夜通し語らった下宿、ざわめく銀座の街、華やかなカフェ、最先端の医療現場、尊敬する恩師がいる病院、そして愛する人が待っている場所……。

突然、乱暴に戸が開いた。

次の瞬間、冷たい風と一緒に悌次郎が飛び込んできた。

「いしゃ姉ちゃん！　お母ちゃんが……」

「どうしたの⁉」

「早ぐ、早ぐ来てけろ！」

悌次郎の額に浮いた汗が、周子の目に不気味に映った。


悌次郎と二人、家までの道を走る。

苦しそうなうめき声が外まで聞こえていた。急いで履物《はきもの》を脱ぎ、奥の間へと駆け上がると、そこにはお腹を押さえてのたうちまわる母がいた。傍《かたわ》らでうろたえている父を押しのけ、周子はせいの手を取った。

「お母さん、どうしたの⁉　どこが痛いの⁉」

「……ち……かこ……」

「お腹診《み》せてね。……どう？　どこがどんな風に痛いか、教えてちょうだい」

せいは声にならない声を上げるだけだ。

「もう産気《さんけ》づいたのかしら？　予定日より、二か月も早いのよ」

「もうすぐ産婆《さんば》さんが来る。……頼む、周子。助けでやってけろ」

ほどなく産婆がやってきた。産婆はせいの様子を見ると血相を変え、周子に向き直った。

「周子せんせ、これはおがしい。普通のお産ではねぇ」

手早く触診し、母体の様子を調べると、産婆は声をひそめて周子に言った。

「赤ん坊、生まれる気配もねぇんだ。なしてこんなになったんだべ」

「分かりません……なんとか母だけでも助ける方法はありませんか？」

「おれには、とっても無理だ。……周子せんせ、勘弁《かんべん》してけろ」

産婆は力なく頭を下げた。

その間にも、せいのうめき声はいっそう痛々しくなっている。

「お母さん、しっかりして！ 助けるからね！ 大丈夫だからね！」

そう言うと、周子は家を飛び出して行った。

「おい！ どごさ行ぐんだ⁉」

「診療所！」

駆け出す周子の背中を悌次郎も追いかける。

少しの後、戻ってきた周子の手には医学書が二冊あった。『産科学』『婦人科学』。それは以前、恩師の立花《たちばな》先生が送ってくれた本だった。

苦しんでいる母の横で、周子は医学書をめくった。母がなんで苦しんでいるのか、どんな治療をすればいいのか、周子にはまったく分からなかった。

どうしてちゃんと勉強しておかなかったのか……そのことが悔《くや》しくて、本を読むことにもなかなか集中できない。

「いしゃ姉ちゃん！　お母ちゃんば、助けでけろ！」

「ちょっとだまって！」

幼い子供たちが泣いていた。

悌次郎は一人涙をこらえ、自分より小さい妹たちの世話をした。荘次郎は情けないほど何もできなかった。そんな家族の横で産婆だけが、せいのお腹をさすったり、汗を拭いたり、体の向きを変えてあげたり、忙《いそが》しく動き回っていた。

祈るような夜が更《ふ》けていく。

苦しむせいの声が、大きくなったり、かすれたりした。それに合わせるように揺れていた子供たちの泣き声も、ついにくたびれ果てたように聞こえなくなった。

――どんな夜でも必ず明ける。

やがて静かな朝が来た。

周子はついに医学書を放り投げ、母の手をとった。意識が薄れていく母に向かって、「ごめんね、ごめんね」と繰り返す。

せいは力なく微笑み、こと切れた。

その儚《はかな》い微笑みは、「お前のせいじゃないよ」と周子に言っているかのようだった。

「……お母さん……」

「せい！ せい！」

崩れるように泣く荘次郎の声で、うとうとしていた子供たちが目を覚ます。そして、訳も分からず母の亡骸《なきがら》にすがって泣き始めた。

周子はふらふらと立ち上がり、傍らの医学書を手に取った。怒りに満ちた目で睨《にら》み、思いっきり土間に叩きつけた。

「わたしのせいだ……わたしのせい……」

母が一昼夜苦しみぬき、お腹の子供と共に死んだのは、自分のせいなのだ。

周子は自分自身を呪った。悲しみの涙より先に、怒りの涙が頰《ほお》を伝った。

灰色の空がいっそう、色濃くなっている。

すぐそこまで来ていたかに思えた春は、ずいぶんと先まで逃げてしまったようだ。

玄関先で『忌中《きちゅう》』の札が風に煽《あお》られ、かたかたと音を立てている。村長の妻の訃報《ふほう》とあって、朝から黒い服を着た人たちがたくさん出入りしていた。経《きょう》をあげる坊さんの声が響く中、駆け込むように学生服の陽太郎が入ってきた。

父に一礼し、まっすぐ母の亡骸の前に進み出た長男を見て、すすり泣く声がいっそう大きくなった。

「……お母さん、餅、んめがったよ」

冷たくなってしまった母の頬を、陽太郎は両の掌《てのひら》で包み込んだ。

「長い間、ごくろうさまでした」

周子の肩が震え、我慢《がまん》していたものが一気に溢れ出した。腹の底からの嗚咽《おえつ》だった。

一方、村の片隅では、村人たちが顔を寄せ合っていた。

「いしゃ先生、注射器ぶん投げで、泣いでだっけど」

「ほう、それは見だがったなぁ」

「あの先生は、何言ったたって動じない、めんこぐない『女医者《おなご》』だもんなぁ」

故郷の風はどこまでも冷たく、周子に向かって吹いていた。

約束の三年はもうすぐ終わろうとしている。

頑張っても、頑張っても、村人に必要な存在にもなれないでいる。できることなら、今すぐここを立ち去りたかった。けれど、周子にはできなかった。母を亡くし泣いている幼い弟たちを置いていくことなど、できるはずがなかった。


「春もみじ」……最初にそう名付けたのは、果たして地元の人だったのか。その景色を初めて見た人は、必ずため息をつくという。

生命力に溢れた新緑、大地に残る雪、そして山桜の淡い桃色……三色同時に飛び込んでくることは普通だったらあり得ない。この美しさが、この土地独特の奇跡のようなものだということを、ここに住んでいる人たちは知らない。

――なんて美しい景色なんだろう。

往診からの帰り道。

周子はこの村に戻ってから四度目の「春もみじ」を眺めていた。

自分の中にもまだ、何かを美しいと思える心が残っていることを嬉しくも思う。

母、せいが亡くなって三か月。

葬式のとき以来、周子は皆の前で一度も涙を見せていない。常より明るく、大声で話し、たまに厳しく弟たちを叱《しか》った。

自分が冷たい女だと陰口《かげぐち》を叩かれているのも知っている。家族からでさえ、「いしゃ姉ちゃんは、お母ちゃんが死んでも悲しくないのか」と責められることもあった。

それでも周子は、込み上げるどんな感情をも殺して、日々を生きていた。そうすることでしか、前に進めなかったのだ。

父との約束の三年は、とうに過ぎている。だが周子は、この土地を離れられずにいた。

周子は今も、大井沢診療所の、たった一人の医師であった。

暮れゆく景色を眺めながら家路を急ぐ。

五月になったとはいえ、夜はまだまだ冷え込んだ。往診に行った先で、今日はもう泊まっていけと言われたが、周子は絶対に患家には泊まらなかった。

他人の家に泊まるのが嫌ということもある。だが、今の周子にとって、往診の行き帰りの時間は、とても大切なものだったのだ。唯一力を抜けるときであり、誰にも気を遣わず、ただ静かに涙を流せる時間であった。

所々に雪が残る山道を歩きながら、周子は今日も、あの日からの時間を静かに振り返っていた。

思えば、あっという間の三か月だった。

毎日朝早くに起きて、幼子《おさなご》を背負い、食事の支度をする。起きてきた弟たちに、元気よく「おはよう」を言い、皆がちゃんと顔を洗ったかを確認し、「さぁ、みんなご飯にするよー」と大声を張る。

呆《ほう》けたように仏壇の写真を見ている荘次郎の背中を叩き、「お父さんも早く席について」と促す。皆にご飯をよそい、味噌汁《みそしる》を配る。全員が席に着くのを確認して、自分はひとつ空いてしまった席に座るのだ。

いただきます、美味《おい》しいね、残さず食べなさい……何かの瞬間、皆の瞳から涙がこぼれてこないように、次から次に言葉を継いだ。

葬式の翌日、幼い弟たちは空いている母の席を見て泣きべそをかいた。誰も箸《はし》を動かそうとしないのだ。

周子は勢いよく立ち上がり、空いてしまった母の席にどっかと座った。

「今日からわたしの席はここ。いい？」

「……お母ちゃん……」

「お母さんはもういないの！　泣いても、生き返らないよ！」

弟たちはついに、声をあげて泣き出した。

それでも周子は慰《なぐさ》めることをせず、凜《りん》と前を向いて食事を始めた。

「周子、そげな言い方しねくても」

「お父さんも！　しっかりしてもらわなくちゃ困ります。いい、今日から『お母さん』って言ったら怒るから。分かった？」

荘次郎はただ、子供たちの背中をさすった。掛ける言葉が見つからないのだ。

周子の厳しさは、残された者たちが生きていくために必要なのだと誰より理解している。

だけど……。

それが生きていくための取り決めだとしても、幼い子らが泣くことさえも禁じることなどできるのか。優しかった母を、温かかった母を、どうして忘れられようか。

いっさい涙を見せない周子を、荘次郎は誇《ほこ》らしく思った。そして痛々しく思った。家族は必死で周子の取り決めを守ろうとした。とくに悌次郎は、妹たちの面倒をよく見て健気《けなげ》に頑張っている。

それでも末っ子の育三郎は、毎夜、どうしようもなくぐずりだした。母のお乳を探し、眠りながら泣いた。いや、泣きながら眠るのだ。

一度周子は、母乳など出ない自分の乳房を含ませたことがある。自分の腕の中で安心したように眠る育三郎の顔が浮かび、気を抜くと、今この瞬間も涙が込み上げそうになる。

――お母さん、泣いていいよね。今だけは泣いてもいいよね。

いいんだよ、と優しく言ってくれた人はもういない。

日はとっぷりと暮れ、山影も消えていた。

往診先の家を出てから、どれぐらい歩いただろう。

少し、寒さが増したようだ。

周子は涙を拭《ぬぐ》い、黒マントの襟《えり》をしっかりと合わせた。

ほどなくして、分かれ道に差し掛かり、足が止まる。

「……どっち……だっけ？」

今日は初めて行く場所の往診だった。

目印になるようなものがない奥まった山道だから、帰りは気を付けるように言われていたのだ。

周子は慌《あわ》てて目を凝《こ》らす。

見渡す限り、民家の明かりは見えなかった。

この寒空の下、野宿することにでもなったら大変だ。それに、熊も冬眠から覚める頃なのだ。こんなところで出くわしたら、ひとたまりもない。

混乱する頭を落ち着かせ、自分が今来た道を考える。……あそこを右に曲がって、その先はまっすぐに進んだはずだ。でも朝日連峰《あさひれんぽう》があっちに見えていたんだから逆かしら……。

繁みの奥から、聞いたことのない獣《けもの》の声がする。周子は往診鞄を盾《たて》にし、びくびくと、それでも急いで進んだ。

どれぐらい歩いただろうか。

突然、道端の笹藪《ささやぶ》が揺れ、黒い影が飛び出してきた。周子は悲鳴を上げ、飛び退《の》いた。往診鞄はどこかへ放り投げてしまったようだ。

身をすくめていると、影がしゃべった。

「あんた、大井沢のいしゃ先生が？」

「え……」

恐る恐る目を凝らすと、それは熊のような大男だった。

「道さ迷ったのが？」

「……はい」

「ほぉいう時は、空ば見ろ。ほれ、あれが北極星だ。ほんで、ひしゃく星が、あれ。――んじゃあ、月山《がっさん》はどごだ？」

「えっと……あれ……です」

「んだ。ってごどは、おめのうぢは、あっち」

「……はぁ……」

周子は男の指さす方を見た。

血の気が引いた。

やはり、自分が進んでいたのは、全然違う方角だったようだ。

男は往診鞄を拾い上げ、着物の袖で泥《どろ》を払ってから周子に渡してくれた。

「……ありがとうございます」

「星は嘘つがねぇがら」

「え？」

「いっつもおんなじ。誰が見でも、どごで見でも、おんなじだ」

鬚面《ひげづら》の男は、ぶっきらぼうに言い捨てて、去って行った。背中には仕留めた獲物がぶら下がっていた。

——あの人どっかで……誰だったかしら？

男は、思いついたように朗々と歌い出す。よく響く深い声が山々に木霊《こだま》した。

その声に周子は、はっとする。

吹雪の夜、箱ゾリで盲腸《もうちょう》患者を運んだとき……峠《とうげ》を越えられずに亡くなってしまった患者へ葬送《そうそう》の歌を初めに歌い出した男だった。

村人は男を「風のおんつぁん」と呼んだ。周子がその名を知るのは、もう少し先になる。

周子はもう一度、空を見上げた。

男の言うとおり、頭上の北極星は迷いなく輝き、周子を照らす。

進もう、と思った。


ある日、志田家の玄関先に、動物の死骸《しがい》が転がっていた。周子の悲鳴を聞いた悌次郎が、何事かと飛び出してくる。

「いしゃ姉ちゃん、どげした⁉」

「誰なの、こんな嫌がらせするの！」

「わ、山ウサギだ」

「ひどいわ、陰険《いんけん》よ！」

「これ、罠《わな》にかがったやつだっちゃ」

「……え」

「誰かが持ってきてくれたんだべ」

「贈り物、ってこと？」

「んだ。肉なんて、貴重品だもん」

「そうか……。でも、誰だろ」

「山ウサギなら、もしかして」

「悌次郎は、何か心当たりがあるの？」

「……ううん、なんでもねぇ」

周子はその手で山ウサギを、恐る恐る持ち上げてみた。小さくても、一つの命の重みがあった。

さて、これをどうしたものか。

――どこかの誰かが、自分たち家族を励《はげ》まそうとしてくれたのだろうか。だとしたら、わたしはなんて失礼なことを思ってしまったのだろう。

常日頃、村人たちに陰口《かげぐち》を叩かれているからと言って、自分まで歪《ゆが》んだ根性になってしまったと、周子は反省した。

そうこうしているうちに、妹弟たちも集まってきた。

「うわぁ、山ウサギだ！」

「今日は、肉、食べられんのが？」

「なぁなぁ、いしゃ姉ちゃん、何作ってけんのや？　煮るのが？　焼ぐのが？　んまいべなぁ」

妹弟たちの目が輝いている。母が亡くなって以来、こんな姿を見るのは久しぶりだった。

周子はしばし考え、あることを思いつく。

「よし、アレつくろう!」

「アレ? あれって何や?」

内緒、と微笑むと、周子は診療所へ向けて歩きだした。その手に、山ウサギを下げて。

「いしゃ姉ちゃん、ほれ、持って行ぐのが?」

「そうよ。向こうで料理するの。あ、悌次郎。鍋持ってきて。一番でっかいやつ」

「ウサギ、こんげ小っちゃいのに?」

きょとんとした妹たちの顔が愉快だった。

診療所に着くと周子は、棚の奥から小箱を一つ取り出した。ハイカラな模様の箱だった。

箱の中には雑誌の切り抜きや映画のチラシなど、ここらでは見かけないものが、いっぱい詰まっていた。その中から周子は、何かの缶を取り出した。

「よし、あった、あった。もったいないけど……いいよね、こんなときこそ、つかっちゃおう」

誰にともなくつぶやき、自分に勢いをつけるように、缶の蓋《ふた》を開ける。缶の中には、なにやら黄色い粉が入っていた。周子はその匂いを、幸せそうに吸い込んだ。

「んー、良い匂い！　……さて。これからが大変ね」

山ウサギを捌《さば》くのは初めての経験だった。

近所の誰かに頼もうか、父が仕事から戻ってくるのを待とうかとも思ったが、周子は自分でやってみることにした。なぜだか、このウサギは自分で捌くべきだという気がしたのだ。

昔、母がやっていた記憶をたどる。まずは両の足首に包丁を入れ、頭の方へ引っぱりながら皮を剝《は》いでいく。ウサギの皮は、見事にそのままの姿で肉と離れた。次に、腹に切り込みを入れ、内臓をすべて取り除く。そうしてみると、残った肉は少量で、それを大事に小さく切り分けた。

——人間は他の命を頂いて生きているんだ。

そんなこと、久しく忘れていた。

大きな鍋に油を敷き、じゃがいもや人参、たまねぎを炒《いた》める。そこへ、捌いた山ウサギの肉も入れると、小さな台所は煙でいっぱいになった。

窓を開けると、匂いに釣られた近所の子供たちが集まってきた。

「いしゃせんせ、なに作ってだの？」

「いい匂いするっちゃ。んめそーだ」

子供たちが興味津々で覗く中、周子は鍋に水を入れて蓋をした。時々、灰汁《あく》をすくったり、火の加減をみたりして、じっと待つ。

「……よし。そろそろいいかな」

周子は得意気に、さっきの缶を取り出した。缶の蓋を開けると何やら刺激臭がする。

「なにそれ⁉　……ふぇ、臭《く》っせー」

「へんな匂いするー」

そのヘンな匂いのする黄色い粉末を、周子はためらいなく鍋の中に投入した。

すると、子供たちは一斉《いっせい》に抗議する。

「あぁー、せっかく、んまそうだったのに」

「味噌どが、醤油入れればいいのによぉ」

かまわず、お玉でぐるぐるかき回す。すると、鍋の中がとろっとしてきた。

「なんだぁ、これ？」

　辺りに香ばしい香りが充満し、皆が鼻を鳴らし出す。彼らには、未体験の香りだった。

「これはね、ライスカレーっていうのよ。美味しいんだから」

「うそだー」

「ほんとよ。これをね、ご飯にかけるの」

「ご飯にかけるの⁉」

「みんなにも食べさせてあげるから、家からご飯もっておいで」

　子供たちは、どうする、どうする、と顔を寄せ合っている。

「さ、できた。どれどれ……んー、美味しい！」

　味見をした周子の表情を見て、子供たちが我先にと走っていく。

　しばしの後、それぞれの手には茶碗があった。皆、初めて見る奇妙な液体をご飯にかけてもらい興奮している。

　だが、誰も手を出そうとしない。

　悌次郎が、恐る恐る、最初の一口をほおばった。……無言だ。

「悌次郎、どげだ？　んまいのが、んめぐないのが？」

　無言のまま、二口目を口に運ぶ。

「おい、悌次郎。なんとが言えっちゃ」

「――うん、んまい、これ、んまいよ！」

その言葉を待っていたかのように、子供たちが一斉に箸をつける。あとは競い合うように口に運ぶ姿を見て、周子は可笑《おか》しくなった。

おかわりしようと鍋の蓋を開けたとき、鬚面の男がぬっと顔を出し、悌次郎の手から茶碗が落ちそうになった。

「おんつぁん！」

「なんかよ、今まで嗅《か》いだごどない匂いすっからよ、山から降りで来たんだ」

「おんつぁん、鼻いいなぁ。さすがマタギだ」

風のおんつぁんは無表情で、鼻の穴だけをひくひく動かした。

その様子を見て、子供たちがくすくす笑う。

「あの……わたし、以前に山道で助けて頂いて」

「あぁ」

「一昨年の冬も、隣町まで患者さん運んでもらって」

「隣組だもの、あだりめだ」

男は、相変わらずぶっきらぼうだ。

でも子供たちには人気があるようで、あっという間に囲まれている。

「ほら、これ。ライスカレーって言うんだぞ。おんつぁんも食べでみろ！　山ウサギの肉も入ってるがらな」

悌次郎に茶碗を渡されると、おんつぁんは口より先に鼻を近付けた。

くんくん、くんくん……ぱくり。

「うへ、なんだこりゃ」

おんつぁんは、鬚面をくしゃくしゃにして、口を動かしている。

その表情が滑稽《こっけい》で、そこにいる全員が、お腹を抱《かか》えて笑った。

こんなに笑ったのは、本当に久しぶりだった。

独特の味にもだんだん慣れてきて、おかわりをする子供もいた。皆、たくさん笑い、真剣に食べた。

子供たちが口いっぱいにライスカレーを頬張《ほおば》る姿を見て、周子は思う。

――そうだ、生きることは食《く》うことなんだ。きちんと食べて、しっかり生きなくちゃ。

ふと、悌次郎が、おんつぁんの鬚面に顔を寄せた。

「山ウサギ、おんつぁんだべ？」

「さぁな」

風のおんつぁんが、にやっと笑った。

ひととき、診療所に幸せな時間が流れていた。お腹の底から温かくなるのを感じ、周子は声を張った。

「さぁさ、みんな、食べ終わったら、後片付けを手伝ってもらうわよ」

「うへー、おれ、やんだ」

「悌次郎、おめが一人ですればいいっちゃ。おめが一番いっぺぇ食べだんだものよぉ」

「ずるいぞ！　おめだぢも手伝え。なぁ、おんつぁ……ん？」

いつのまにか、風のおんつぁんの姿が消えていた。

「おんつぁん、逃げだな」

「あの人、何者なのかしら？」

周子は、さも不思議そうに窓の外を探した。

「おんつぁんが住んでいるところは誰も知らねぇんだ」

「え、そうなの？」

「いっつも、風みだいに山から下りできて、まだ、風みだいに消えるんだ」

んだんだと頷き合う子供たちを見て、周子は不思議そうに首を傾げた。

ある日、往診から戻ると東京から小包《こづつみ》が届いていた。差出人は親友の節子《せつこ》で、中身は周子が東京に残してきた荷物だった。

周子がようやく心の整理をつけ、自分の荷物をすべて処分してくれとの手紙を節子に書いたのは、つい先月のこと。「戻りたくても戻れない」、その一言をようやく伝えたのだ。

東京での生活を諦めたわけではない。でも、これ以上、節子に迷惑をかけるわけにはいかなかった。なのに、親友はわざわざお金をかけて、そのほとんどを周子のもとへ送り届けてくれた。本当に処分していいの？　するなら自分でしなさい、ということだろう。

——ありがとう、節子。いつもごめんね。

遠い地へ向かって、心の中で頭を下げる。

荷解《にほど》きをするのは辛《つら》かった。なぜだか、この包みを解いたらもう二度と東京へは戻れないような気がした。

それでも、弟たちが帰ってくる前に、この包みを開けてしまいたい。大騒ぎになるのは目に見えていたから。だから、早いとこ開いて、誰の目にも触れない場所に、思い出ごと全部隠してしまいたかった。

心はそう思っても体が動かない。

縁側の窓を開け放ち、板の間にでんと寝転がる。傍らの小包を横目に、両手両足を大きく広げ、大の字になった。

板の間のひんやりとした感触を全身で受け止め、もしここに弟たちがいたら、こんなだらしない格好はできないな、と思う。

目を閉じると、風の音がした。青い田んぼの匂いが家の中にまで入ってくる。

今年の夏はあまり気温が上がらず、心なしか稲も元気がないように見えた。このまま冷夏で終われば稲が青立ちを起こし、黄金《こがね》色に実らず終わってしまうかもしれない。昭和九年のような大凶作が起こらないよう、願わずにはいられない。

風が吹き、ふとアルコールの匂いがした。周子は目を開け、体を起こす。匂いは小包からするようだった。

よく見ると、四隅の一角が変色している。周子は思い切って荷を開けた。中には大切にしていた洋服、帽子とブーツ、化粧品、勉強ノート、最新号の婦人雑誌が入っていた。

それらの奥に新聞紙にぐるぐる巻きにされたものが突っ込んであり、引っ張り出すと小さな洋酒の瓶《びん》だった。瓶は割れていて、中身は全部こぼれてしまったようだ。蒸発してシミと匂いだけが残っている。

昔、飲めない洋酒を、寮の皆で大人ぶりながら舐《な》めた記憶が蘇《よみがえ》る。

それから、封筒が二つ、目についた。

ひとつは節子からの手紙。もうひとつは表に何も書いていない。白い封筒がぷっくりと膨《ふく》らんで、中に丸い何かが入っている。

封を切ると、百合《ゆり》の球根がころりと出てきた。紙片が一枚添えられており、短歌が一首書いてある。

百合の香《か》を　銀座の路《みち》に探しつつ
ときを構わず　その時を待つ

――英俊《ひでとし》だ。

一緒に歩いた銀座の街、周子が好きだと言った花の名、長い長い会えない時間……彼は短歌に想いを込め、再会のときを待つと言っているのだ。

胸がずきりと痛んだ。

母が亡くなり、約束の三年間もとうに過ぎ、冷たい春をやり過ごし、いつしか夏になっても、周子は英俊に何の連絡もできずにいた。何と言えばいいのか分からなかったのだ。

別れの覚悟も、待ってほしいと言い切る強さも、今の周子には無かった。期せずして受け取ったこれが、英俊の答えというのか。

動けないでいる自分を待つ、と。

節子が状況を伝えてくれたのかもしれない。あるいは、英俊自ら節子に問いただしたのか。

親友からの手紙を読みすすめると、英俊がどんなに自分を心配していたかが分かった。手紙の中で節子は珍しく怒っていた。

『――周子、あなたは自分の人生から逃げているのよ。東京にいるときのあなたは、そんな人間だったっけ？　温かい故郷にいるからって、甘い人間になっちゃったの？

愛する人としっかり向き合いなさい。その強さを持ちなさい。

わたしたちはまだ二十七なの。いくらだって自分の人生を組みたてられる。一人で勝手に運命に負けないで。百合の花の球根、意味分かる？　英俊さんが、どうしてあなたに届けたかったのか、考えてごらんなさい。単にあなたが好きな花を送ったんじゃない。

百合の球根はね、長く厳しい冬もじっと土の中でやり過ごして、翌夏には大きな花を咲かせるの。だから――』

涙が溢れ、途中から文字を追うことができなくなった。節子の凜《りん》とした声がすぐ耳元で聞こえるような気がした。

広島出身の節子は、興奮するとよく訛《なま》りが出る。お互い、あなたのほうが訛ってるわよと、言い合いしたものだ。

怒ると大きな目がますます大きくなって、こうと思ったことは絶対に譲らない。ときには教授にさえ意見する。そんな節子が、周子は大好きだった。

……冬が来る前に、この球根を土に埋めてあげよう。来年、花が咲く頃には、きっと何らかの答えが出ている。いや、出してみせる。

周子は祈るように球根を抱きしめた。

# 第五章　最後の手紙

診療所《しんりようじよ》の窓を開けると、まだ八月だというのに、風はすっかり秋の匂いだった。心配した田んぼの稲はなんとか実をつけ、収穫のときを静かに待っている。

診療所には今日も、よし婆《ばあ》が来ていた。

最初の診察以来、何かにつけて周子《ちかこ》の様子を見に来るのだ。

よし婆は隣近所に、「自分がいしゃ先生の最初の患者だぞ。んだがら、義理あるんだ。今、おれの体で練習させでやってるがら、そのうぢ上手になった頃、おめだぢも治療してもらえ」と触れ回り、家族を呆《あき》れさせていた。

嫁の春子《はるこ》は、たまに卵や野菜などを持って謝りにくるが、周子はそもそも怒ってなどいない。

よし婆の場合、診察というより世間話が主だったが、周子はこのひとときが楽しみになっていた。何より、発言どおり律儀に通ってくるよし婆が愉快だし、愛しいのだ。

「いしゃ先生、今年も豊作とは言えねぇな。今のうぢ、山のものいっぺ蓄《たくわ》えでおがねぇど」

「よしさんも山に入るんですか？」

「あだりめだ、人を年寄り扱いしねぇでけろ。まだ六十だぞ」

「去年も六十って言ってましたよね」

「んだな、ここ最近ずっとそのぐらいだ」

二人は顔を見合わせて笑った。傍《かたわ》らで春子があきれている。このところ、ずっとこんな調子なのだ。

よし婆が心配したとおり、今年の収穫も期待できそうにない。冬は覚悟しなければならないだろう。

食糧が潤沢《じゅんたく》ではない中で、体力がない老人と子供が持ちこたえられるかどうか。厳しい往診の日々が続くだろうことは、今から予測できた。

「やっぱり、わたしも山に入ってみようかしら？　よしさん、山菜の見分け方とか、教えてもらえませんか」

「やーなこった。せんせみだいな素人《しろうと》と一緒だったら、熊さ出会ったどぎに、逃げ遅れでしまうべ」

「もぉ、こっちは真剣に頼んでるのに。山菜は猛毒を持ったものもあるから、教えてもらわないと危ないでしょう。熊は大丈夫だろうけど」

「熊、あうがもよ。いっぺいるもん、なぁ、春子？」

「んだねぇ、いっぺいるねぇ」

「てが、こごらでは、人間より熊のほうが多いもんなあ」

ガハハと笑うよし婆を見て、周子はため息をつく。

「分かりました。やっぱり、わたしに山歩きは無理ですね」

すねたように後ろを向いた周子に、春子が言った。

「せんせ、おんつぁんさ頼めばいいべや」

「おんつぁん、って……あの鬚《ひげ》の人？」

「んだ」

「山のごどなら風のおんつぁんだべ。な、ばんちゃん？」

「んだ。これまで熊千頭もやっつけだ、伝説のマタギだ」

「熊千頭！　あの人、マタギだったんですか。わたし、これまで何度か助けて頂いて」

「おんつぁんはな、気の毒な男なんだ。母ちゃんと子供、火事で亡ぐしてな」

めずらしく神妙な顔で、よし婆は語り出した。

今から十年ほど前のこと。村で大きな火事があった。火元は風のおんつぁんの家で、家と作業小屋が全焼し、焼け跡から奥さんと息子の亡骸《なきがら》が見つかった。どうして逃げ遅れたのか、理由ははっきりしていない。マタギだったおんつぁんは山の中にいて、平場《ひらば》に下りて来たときには、手の付けようがないほどに火の手が広がっていた。

焼け落ちようとしている自らの家の前で、ただただ立ち尽くしているおんつぁんの姿が、昨日のように思い出されると、よし婆は言った。

「もどもど愛想の良い男ではながったけどよ、あの火事で、ますます人を避けるようになったな。山の上さ小屋構えで、平場に下りで来なぐなってしまった」

「え、でも、いつだったか吹雪《ふぶき》の夜に、患者さんを箱ゾリで運ぼうとした時は先頭切って動いてくれましたよ」

「村さ何が変わったごどあるど、真っ先に駆げつけるんだ。いっつも山の上がら、おれだぢのこと見でるんだべ」

「自分の母ちゃんと子供、助けられながったがらがもねぇ」

春子の言葉で、周子は合点《がてん》がいった。

――あの人は、人の痛みに敏感《びんかん》なのかもしれない。だから、わたしを助けてくれたのだ。

星は誰にも嘘をつかないと、おんつぁんは言っていた。今更《いまさら》ながら、その言葉が胸に染みてくる。

「いしゃ先生、それ、何て書いであるのや？　その写真……大陸での戦争が？」

よし婆は、机の上の紙片を指さして訊《たず》ねた。

「あぁ、これは戦況を伝える新聞記事ですね。日付は一か月ほど前のですけど、日本軍は順調に勝ち進んでいるようです」

「そぉがぁ。この前、隣村でもついに兵隊さん取られだってな。……戦争なんて言っても、おれ方《がた》には関係ないど思ってだげどな」

よし婆は、読めない新聞を手に取り、顔をしかめた。

そのしわくちゃの新聞紙は、先日、節子が東京から送ってくれた小包《こづつみ》の中に入っていたもので、包装紙代わりに使われていたものだ。だから、どれもぐちゃぐちゃで、所々にシミが付いている。周子はすべてきれいに伸ばして、隅々まで読んでいた。

　この村には新聞が届かない。日本のチベットと揶揄《やゆ》される辺地だ。役場に勤める父の荘次郎《そうじろう》は、中央の情報をそれなりに知り得ていたが、村の人たちが新聞を目にすることはまず無かった。文字さえ読めない人も多いのだ。それでも支那《しな》事変という戦争が大陸で行われていることは、皆の関心事だった。日々を生きることだけで精いっぱいなこの村にも、戦争の巨大な影は迫っていた。


　よし婆を玄関まで見送り、一息つく。早めの昼食にしようと思ったとき、三十半ばの女が診療所に入ってきた。女は腰を深く折り、丁寧《ていねい》にお辞儀をした。

「あの……今日はもう終わりですか」

「どうぞ、診察室は奥です」

「いや……おれが患者ではないんです。娘が風邪《かぜ》引いで。ながなが治らねくて。せんせ、往診、来てもらえるべが？」

「分かりました。すぐ支度しますから、案内してください」

「ありがとさまです……でも、あの……」

　女は言いにくそうに下を向いた。その手には土のついた布袋があった。

これまでも周子は、患者のこういう表情を何度も見てきた。すぐに察して、先んじて声をかける。

「大丈夫です。診察代は払えるようになったら頂きますから」

「ありがとさまです、ありがとさまです……」

女は周子に布袋を押し付け、何度も頭を下げた。

布袋の中身はじゃがいもだった。ずしりと重い袋を受け取り、周子は切なくなる。お金も大事だけど、食べ物は命に直結する一番大事なものだ。これだけのじゃがいもを分けてくれるのは、大変な覚悟だろう。

――貧しくても、等しく医者にかかれるような世の中にはならないものだろうか。

この村に戻ってから、常に考えていることだった。

周子は、人の命は平等だと教えられて育った。けれど、この里山で医師をしていると、とてもそうは思えない。自分の無力を感じるが、誰に相談することもできない。

診察代がわりのじゃがいもを仕舞いながら、周子はため息をついた。

こんなとき友が、志同じ仲間が傍《そば》にいてくれたら……相談できる相手がいないということは、こんなにも寂《さび》しく心細いものなのだと痛感する。

往診鞄《かばん》の中身を確認し、周子は表へ出た。

女のあとについて、四キロほど歩いたころ、ようやく患家に辿《たど》り着いた。

家の中では色白の少女が床に臥《ふ》せっていた。こほんこほんと乾いた咳《せき》を繰り返し、ひとつ言葉を話すのも難儀そうだ。

聴診器で胸の音を聞こうとすると、何をされるのかと少女は体を強張《こわば》らせた。そして激しく咳《せ》き込んだ。

吐き出した痰《たん》を確認し、周子はある病気を導き出す。肺結核――この村でもっとも忌《い》み嫌われている病気だった。

「せんせ、娘はどげですか?」

「お母さん、これはただの風邪ではありません。肺結核の疑いがあります」

「肺結核って……肺病ってごどが」

「はい。一刻も早く、レントゲンのある隣町の病院に行きましょう。紹介状書きますから」

「あぁ、どげしたらいいべ。困ったちゃ、困ったちゃ……」

少女の母親は取り乱し、困った困ったを繰り返すばかりだ。落ち着かせようと向き合うと、背後から大きな声が飛んできた。

「おめ、そごで何しった！」

「父ちゃん！」

山仕事から帰ってきた少女の父親が、眼光鋭く周子を睨《にら》んだ。

「お邪魔《じゃま》しております。わたしは診療所の」

「藪《やぶ》医者だべ。うぢの娘のごどは構わねぇでけろ。娘は、ただの風邪だ。寝でれば治る」

父親の声に怯《おび》えたように、少女が激しく咳き込んだ。少女の背中をさすりながら母親が必死で抗議する。

「んだって、父ちゃん。小百合《さゆり》、ずっとこの調子だどれ！　ぜんぜん良ぐならね。いしゃ先生に診でもらうしかねぇべ」

「俺の留守中に勝手なごどして！」

「小百合、肺病がもすんねぇって」

「こだな女《おなご》医者の言うごど、信用するな！」

周子は母親を庇《かば》うように、間に割って入った。

「娘さんはおそらく肺結核だと思います」

「藪医者のくせに適当なごど言うな！　うぢがら肺病患者なんぞ出したら、恥だべ！」

「父ちゃん、なんてごど……」

「このうぢさ、誰も近寄らねぐなる。村八分もいいどごだ」

「肺結核は確かに人にうつります。だからこそ一刻も早く――」

「帰ってけろ！　ほだな白い服着てる人が、うろうろしてだら、すぐ噂されるべ！」

「お父さん、お願いです。隣町の病院まで娘さんを連れて行ってください。一日も早く、です」

「ほだな金ねぇ。いいがら早ぐ帰ってけろ！」

少女の父親は周子の手を取り、強引に追い出そうとした。弾《はず》みで、痩《や》せた周子の体が放り出され、障子にぶつかり大きな音が出た。

ぶつけた腕をさすっていると、さすがの父親も、ばつが悪そうに奥の間に引っ込んでしまった。

周子は立ち上がると、障子の向こうに頭を下げ、自ら外に出た。

暮れ始めた帰り道、蛙《かえる》の声がにぎやかだ。

短い雪国の夏が終わる頃……この季節の空が周子は一番好きだった。まだ完全に暮れる前の藍《あい》色の空、ぽつんぽつんと増えてくる星の明かり、山から吹いてくる柔らかい風。

美しい里山を歩きながら、ここへ戻って来て最初の冬を思い出していた。盲《もう》腸《ちょう》の患者を説得することがついに叶わず、手遅れに終わった冬。

その後も、同じようなことは何度もあった。その都度、後悔《こうかい》し、怒り、嘆《なげ》き、投げ出し、開き直り……そしてやっぱりまた、頑張ってきた。

「……わたし……なにやってるんだろ」

ぽつりと声に出してみる。どうせ誰も聞いていないのだ。

「わたし、なにやってるんだろーっ！」

今度は叫《さけ》んでみた。

――なにやってるんだろ……やってるんだろ……ってるんだろ――

やまびこが返ってきて周子は驚く。面白いではないか。

「もう、どーでもいーやっ！」

――どーでもいーや……でもいーや……もいーや――

「やっぱり、どーでもよくない！」

――どーでもよくない……もよくない……よくない――

周子は笑った。山も笑っていた。


家に戻ると、流しで悌次郎《ていじろう》がじゃがいもを洗っていた。

「いしゃ姉ちゃん、おかえり！」

「ただいま。遅くなってごめんね。お腹減ったでしょ。すぐご飯作るね」

「ご飯はお父ちゃんが炊《た》いでくれでるよ。おかずは、これの皮剝《む》いだら煮つけるがらよ」

知らないうちに、家族はみんなたくましくなっていた。下の妹たちも、茶碗を運んだり、味噌汁《みそしる》に味噌を溶《と》いたり、危なっかしい動きで手伝いをしている。

「……みんな、ありがとね」

悌次郎は照れたように、そっぽを向いた。

その晩、食卓には、じゃがいもの煮たものと青菜の味噌汁が並んだ。青菜も患者から頂いたものだ。

一口ずつ、ゆっくり嚙《か》みしめる。

「……美味《おい》し……」

じゃがいもを手に、頭を下げる患者の母親の姿が浮かんだ。

さっきまで食べ物だったものが、自分の口に入り、咀嚼《そしゃく》され、身体《からだ》の一部となっていくような気がする。おのずと力が湧いてくる。

「……お父さん、わたし、ちゃんとするわ」

「なんだ？」

「なんでもない。さ、おかわりしようっと」

よく食べる周子を、家族が不思議そうに見た。

——諦めない、今度こそ。

そう心の中で宣言し、周子は食事を続けた。


翌朝早く、診療所の戸に『往診中』の札を下げ、周子は表へ出た。

朝夕の風はすっかり秋の気配だ。

つい昨日も往復した片道四キロの道を、足早に歩く。額にうっすらと汗がにじんできた頃、肺結核の少女の家が見えてきた。

家の横の小川で、少女の母親が洗たくをしている。周子を見て驚いたように手を止めた。

「せんせ……」

「おはようございます！　娘さんのお加減、どうですか」

「……昨日はほんと、申し訳ねがったっす。んでも、もう……」

声を潜《ひそ》め、母親は家の奥を窺《うかが》った。

「ご主人、中にいるんですね」

「……はい」

「ちょうど良かったです」

おろおろしている母親を無視し、周子はさっさと土間へ入り込んだ。往診鞄から白衣を取り出し、急いで身に着ける。

気が付くと、少女の父親が仁王立ちしていた。

「おめ、どういうつもりだ」

「肺病は家族にとっても怖い病気なんです。昨日はきちんと注意することができませんでしたので、朝一番で来ました。ちょっと失礼します、引き戸、全部開けますね」

「人の家さ、勝手に上がり込んで、何考えでる！」

大声で威嚇《いかく》されても、周子はまったく動じなかった。

窓という窓を開け放ち、家の中の風通しを良くしようと動き回った。制止しようとした父親に向かい、「娘さんの病気が悪くなってもいいんですか！」と一喝《いっかつ》する。

寝ている少女の前に座ると、聴診器を首にかけ、厳しい医師の顔になった。失礼しますと声をかけ、少女の着物をめくる。

「胸の音、聴きましょうね」

目の前の少女に集中し、神経を研《と》ぎ澄ます。

「昨日より、咳ひどくなってますね。胸の音も苦しそうです」

「そんなはずはない。娘は良くなってる」

「食事、ちゃんととれていますか？」

「おめ、俺の話聞いでるのが？　もう来るなって言ったべ！」

「わたしは何度でも伺《うかが》います。お父さんが娘さんを、隣町の病院にちゃんと連れていってあげるのを見届けるまでは」

「何度来ても無駄だ」

「はい、これ。紹介状です」

少女の父親は、目の前で封筒を破り捨てた。

「何度破かれても平気ですよ。そんなもの、何度だって書けるもの。だけど娘さんは……壊れたらもとには戻りませんから」

恐れなのか、怒りなのか。少女の父親は、小さく震えていた。

「……娘は風邪だ。肺病なんかになるわけがねぇんだ」

「悔《くや》しいけど……診療所にはレントゲンがありません。わたしには大きな病院に行くように説得することしかできません。でも、助けたいんです！　手遅れになる前に一日でも早く手当てしないと――」

「娘が死ぬって言うのが!?」

分かりません、と周子は言った。まっすぐな瞳だった。

父親は口を開けたまま、黙っている。

「……お母さん、寒くなってきたから温かくしたいのは分かるけど、部屋を閉め切っていてはダメです。なるべく風を通して、新鮮な空気を吸わせてあげてください」

思わず頷《うなず》いた少女の母親は、すぐに怯《おび》えたように夫を見た。

「これはうちで飼っている山羊《やぎ》のお乳です。栄養がありますから、もし苦手でも、なんとか工夫して飲ませてあげてください」

　そう言い置き、周子は立ち上がる。

　一礼して部屋を出ていこうとした周子を、母親が追いかけた。

「せんせ……申し訳ねぇ」

「いいえ」

「父ちゃんも娘が可愛いのはほんとだ。……な、それはわがってけろな」

「……明日、また様子を見に来ますから。そうだ、じゃがいも、とっても美味しかったです」

　大きく戸を開け放ち、周子は患家を出た。きりりと澄んだ風が居間に吹き込んでいった。


　そうして、少女の家に日参する日々が始まった。

　ときに周子は、卵や山羊の乳を持参した。帰り際、母親がそっと野菜を持たせてくれることもあった。少女の病状は、悪いながらも安定している。

　……もう一人も死なせない。

　まだ助かる命を助けられないのだったら、自分は何のためにこの村にいるのか。これはもはや意地……自分との闘いだった。

一か月ほど過ぎた頃だろうか。

ある朝、玄関先でいつものように声をかけると、少女の母親が飛び出してきた。

「いしゃせんせっ！」

「どうしました」

「父ちゃんが、父ちゃんが……今朝、娘おんぶして、隣町の病院さ行ぎました」

「……よかった……アハ、よかった……」

二人は手を取り合って喜んだ。

「失礼ですが、お金は大丈夫ですか」

「炭焼きで貯めだ金が少し。嫁入りのために貯めでだんです。んでも、あの子が死んでしまったら嫁入りもなんもないものな」

頷きながら周子は、腹の底から湧き上がる不思議な熱を感じていた。この村に戻ってから、初めて経験する感情だった。

『拝啓　伊藤英俊《ひでとし》さま。お元気ですか？　お変わりありませんか――』

便せんに一行、そう綴《つづ》ってから、もう半時も過ぎてしまった。日が暮れてからの風はもう、すっかり冷たくなっている。診療所の窓から見える山の景色も、所々色づき始めていた。周子は、今年初めて、膝《ひざ》かけを引っ張り出した。

英俊に手紙を書くのは、本当に久しぶりだった。

そのせいか、想いが先に溢れ、ペンが追い付かない。そのくせ、伝えたいことと伝えたくないことが入り混じり、何度も止まってしまう。

「しっかりしなさい！」。そんな節子の叱咤《しった》が聞こえてきそうだった。

――そうね、ただ正直に、書こう。

暮れゆく午後の光の中、周子は静かに机に向かった。

『英俊さん。あなたにこうやってお手紙を書くのは何か月ぶりでしょう。いったい何からお話しすればいいのか……伝えたいことが多すぎて、うまく書けるかどうか自信がありません。ゆっくり、心に浮かんだままを書いてみようと思います。

まずは、百合《ゆり》の球根のお礼をお伝えしなくちゃ。素敵な贈り物をありがとうございました。頂いた球根は、雪が降る前に診療所の小さな庭に植えました。きっと来年の夏には、きれいに咲いてくれると思います。その日までここにいるかどうかは……正直、分かりません。

もうご存じでしょうが、今年の二月、母が亡くなりました。幼い弟たちは今、必死で母を忘れようと努力しています。弟たちは、母を思い出し、涙を流す夜も少なくなりました。わたしが傍についていなくても、眠れるようにもなりました。

でも……もうすぐ新しい年を迎えます。母を亡くした同じ季節、同じ日もやってきます。弟たちは否《いや》が応でも、あの悲しい一日を思い出すでしょう。わたしは彼らを置いてここを離れることはできません。本当にごめんなさい』

大きなため息がこぼれる。

ようやく、ようやく、謝ることができた。そのことだけで胸がいっぱいになる。

『たまに手に入る新聞を読むと、どこもかしこも戦争の記事で、世の中の混乱ぶりが分かります。東京も今、大変な状況なのでしょうね。

地の果てのようなこの村にいると、つい戦争のことなど忘れそうになります。今日を生きることだけで精一杯だから。そして思うのです。わたしは今、いったい何と闘っているのだろうと。

初めて告白しますが……わたしはこの地で、患者さんの病気と向き合うことさえ叶わずにいます。今までの手紙には、自分がこの村で必要とされているから頑張れると書きました。

ごめんなさい、あれは嘘です。四年目を迎えた今でも、わたしは未《いま》だ、医師として認められてさえいません。

でもね、英俊さん。わたしは村の人を嫌いになれないのです。だって彼らは知らないだけだから。そしてこの村はどこまでも貧しいのです。わたしが今やっていることは貧困と無知との闘いです。誰が悪い訳じゃない。いつか東京に戻ったときに、わたしが見たもの、聞いたものは、きっと役に立つと思いたい。そう信じて今を必死に過ごしています。

最後にひとつだけ良いことを。この秋、初めて僻地《へきち》医療のやりがいを感じる出来事がありました。

詳しくは書けないけど、とにかく、わたしの思いが患者さんの家族に通じてね。一人の結核少女の命を助けることができそうです。正確には、自分は何の治療もできていないのだけれど。とにかく少女は今、快方に向かっています。

医者の仕事って、もしかしたら、いる場所によって少しずつ求められているものが違うのかもしれないと、今頃になって思っています。
わたしがやらなくちゃいけないのは、病気を治すことだけではなさそうです。じゃあ何だろう、今日も答えを探しています。早く見つけて次の場所へ進みたい。叶うなら、あなたのいる東京へ。
……長くなってしまいました。ごめんなさい（謝ってばかりでごめんなさい）。英俊さん、お身体《からだ》くれぐれもご自愛頂きますよう……この手紙はいつ届くかな。

周子』

新しい便せんを一枚、準備する。しばし眺めた後、真ん中に文字をそっと置いていった。

西山《にしやま》に　オリオン星座かかるをみつつ
患家に急ぐ　雪路を踏みて

そう、心をこめて、短歌を詠《よ》んだ。

少し恥ずかしかったが、思いきって一緒に送ってみるつもりだ。英俊から短歌を送られた日から、周子も色々と、お返しになる短歌を考えてきた。

どんな言葉で想いを綴ろうか、どんな景色を、どんな日常を英俊に伝えようかと、あれこれ目を凝《こ》らし、耳を澄ますと、いつもの風景が俄然《がぜん》、色彩を増してくる。それは周子にとって面白い経験だった。おかげで、創作するのは楽しい作業だということを知った。

そして昨日、往診からの帰り道、空を見上げていたときに浮かんだのがこの歌だ。

月山《がっさん》から吹き下ろす冷たい風の中に、雪の匂いを嗅《か》ぎ取った。もうすぐまた、厳しい冬がやってくることを思い出す。

雪の夜道を一人歩く自分の姿が浮かび、自然と下っ腹に力が入ってしまう。だが、そんな孤独の夜にも、照らす光はあった。真冬の晴れ間に見る星座たち、とくにオリオン星の美しさといったら……言葉に表すのが難しいほどだった。

——そうだ、あの星のことを詠んでみよう。

できあがってみたら、なんだか無性に英俊に届けたくなった。自分でも悪くないと思った。この短歌が完成したおかげで、手紙を出す決心ができたのかもしれない。

そうこうするうちに、折りたたんだ便せんは結構な厚さになってしまった。その分だけ、心が軽やかになった気がする。

東京の地にこの手紙が届く頃、この地では初雪が降りているかもしれない。愛する人が暮らす場所は、どこまでも遠かった。


「いしゃ姉ちゃん」

悌次郎の声に、机に向かっていた周子は一瞬びくりとする。

「どうしたの？　ご飯、まだでしょう？」

「お父さんが呼んでだよ。大事な話があるって」

「分かった、ありがと」

薬の帳簿付けを中断し、周子は席を立つ。

家に戻ると、待ちきれない様子の荘次郎が、たたきの上で出迎えていた。

「お父さん、何かありましたか」

「周子、喜べ。やっと後任の医者が見つかったぞ」

「え……今、なんて」

「お前の後任の医者が見つかったんだよ」

想像もしていなかった言葉に、周子は戸惑《とまど》った。傍で不安そうな顔をしている悌次郎を見たら、喜んでいいのかも分からなくなる。

心を静めるように、ゆっくりと正座した。

「周子、お前には本当に迷惑かげでしまった。んでも、もう大丈夫だ。来春から左沢《あてらざわ》の先生が来てくれるそうだ」

「来春……」

「あぁ。来年、雪がとけてがら、ここまで通いで来てくれることになった」

「通い、ですか」

「あぁ。隣町の病院と掛け持ちになる」

「じゃあ、冬場は？」

「無理だべな。んでも、夏の間、月の半分こっちさ来てくれるだげでも、どれだげ助かるが」

「……そうですね」

「それによ、春になれば陽太郎《ようたろう》が学校卒業して、家さ戻ってくる。悌次郎たちも、だいぶ自立してきたしな。んだがら、お前は春から東京さ戻れ」

「お父さん……」

「今まで、本当に悪がった。あど半年だげ、頑張ってけろ」

全身の力が抜けていくようだった。

はい、とだけ返すと、周子は薪《まき》ストーブの前に座り、炎を見ている。

もっと喜ぶと思ったのだろう、荘次郎は戸惑ったような顔をした。

周子はもちろん嬉《うれ》しかった。でも手放しで喜べない自分もいた。嬉しい気持ちと申し訳ない気持ちが半分半分……そのことに自分が一番戸惑っていたのだ。

その晩は、うまく眠れそうになかった。

皆が寝静まった頃、棚の奥から洋酒の瓶《びん》を取り出す。この酒は、先日、山形市まで会議で出かけた父に頼んで買ってきてもらったものだった。

女だてらに洋酒を飲みたいなどと言う周子に、荘次郎は驚いた顔をしたが、とくに怒りもせず買ってきてくれた。どうせ大して飲めるわけではない、と踏んでのことだろう。寒い夜、往診から帰って床に就く前に、少しだけ酒を舐《な》めるのは、むしろ身体に良いと思ったようだ。

とろりとした茶色い液体を、茶碗にほんの少しだけ注《つ》いで、舐めるように飲む。じんわりと身体の奥から温まっていくのが分かる。洋酒が手に入ったのは幸運なことなのかもしれない。戦争が始まり、滞《とどこお》っている物資もあると聞く。近い将来、もっともっと世の中から物が消えるのだろうか。わたしが東京に戻る頃には、戦争はどうなっているのだろうか。

――東京に、戻る。わたしは本当に戻るんだ。

周子は今頃になって興奮していた。

……あと半年。次の先生に診療所をしっかり引き渡さなくては。周子は上気した頰《ほお》を両手で包んだ。久しぶりに幸せな夜だった。

翌日、診療所の狭い休憩室で、周子はたくさんの伝票を広げ算盤《そろばん》を弾《はじ》いていた。

数字が並ぶ帳面に、今月も最後は赤い文字が書き込まれた。

「ずっと赤字かぁ……春まで持つかしら」

これまで、きちんと診察代を払ってくれた人は一人しかいない。それは役場に勤めている男性で、毎月現金収入がある人だった。

その職員は七月に制定された「国民健康保険法」に加入しているので、医療費の一部を国から援助されている。だから安心して医者にもかかれるのだ。

国民健康保険法は国民の健兵健民を目指し、農村を対象に制定されたものだが、市町村や職業を単位とした任意加入なので、貧困層にはまったくといっていいほど機能していなかった。この村も例外ではない。

患者から徴収できなかった医療費は、診療所が負担することになる。他所《よそ》ではどうか知らないが、これまで周子は身銭《みぜに》を切ってなんとかしてきた。

――本当なら収入の低い人こそ、守られるべきなのに。

やり場のない怒りを抱《かか》えながら、周子はいつも思い悩んでいた。金がある人が病気になるとは限らない。しかも医師は患者を選べない。

だからといって、診療所が立ち行かなくなっては本末転倒なので、せめて薬代だけでも受け取るようにしなければとは思っている。

だが、この辺りの農家は一様に貧しく、「払えない」と言われれば頷くしかない。

それでも炭焼きなどで現金収入を得ている農家はあると聞く。一時期は養蚕《ようさん》で儲《もう》けた人さえいたと。だがいつも一時的なもので、長くは続かなかった。

そんな歴史を繰り返してきているこの村は、たとえ少しの蓄えはあっても、皆、医者に払う金などない、という認識で一致していた。

周子は、大井沢《おおいさわ》小学校医として支払われる一ヶ年三十円の手当金と、村医手当金として支払われる一ヶ年金五百円を切り崩して、なんとか診療所を保っている。それでも心ある患者さんが、診察代がわりに色んなものをくれるので、志田《しだ》家が食っていくのには困らなかった。

それに父の村長としての報酬《ほうしゅう》もある。それらのことも計算済みで、患者たちは診察代を払わないのだろう。

――だからって、誰が彼らを責められるだろうか。

何人も等しく、安心して医療を受けられる仕組みができないものか。そのために自分ができることはなんだろうか。毎月末、帳面の整理をするたびに思うことだった。


柱時計が夜中の十二時を打った。

外は深々《しんしん》と雪が降っている。本当の静けさの中にいると、雪が大地に重なる音もちゃんと聞こえるから不思議だ。

そんなある夜のこと。

背中を丸めた荘次郎が薪ストーブの前で火の番をしていると、悌次郎の優しい声が、二階から降りてきた。

「お父さん、まだ起ぎでるのが？」

「あぁ、周子が戻ってきたら、すぐ暖まれるようにど思ってな」

「あど、俺やるっちゃ。お父さん、もう寝でけろ」

「大丈夫だ、ありがどな。お前こそ、布団に戻りなさい」

悌次郎は父の言葉を無視して傍らにそっと座った。そんな息子を見て、荘次郎は頬を緩める。二人の顔が炎で赤く照らされた。

悌次郎はいつのまにか「お父さん」と呼ぶようになっていた。声変わりも始まっている。「お父ちゃん、お母ちゃん」と、いつも着物の裾にまとわりついていた小さな坊主頭はもういない。

母のせいが亡くなったとき、一番泣いたのは悌次郎だった。甘えん坊で、寂しがりやで、一番の泣き虫だったのだ。けれど、昔から誰よりも家族のことを注意して見ている優しい少年だ。

「いしゃ姉ちゃん、遅いな」

「んだな」

「今日は吹雪《ふぶき》んねくて、いがったな」

「んでも、やっぱり心配だ」

「うん……。いしゃ姉ちゃん、えらいな。なして、あんなに頑張れるんだべな」

荘次郎はただ、炎を見つめていた。

答えが見つからなかった。

「俺、なんにも手伝ってやれね」

「お父《お》さんも同んなじだ」

「早ぐ、陽太郎あんちゃん、戻ってくるどいいな」

「お前……」

「陽太郎あんちゃんが学校終わって家さ戻ってきたら、いしゃ姉ちゃんは東京さ戻れるんだべ？」

「……あぁ」

「早ぐ、春になるどいいな」

誰よりも周子のことが大好きな悌次郎が、自分の気持ちを抑えてそう言った。

荘次郎の胸が、ちくんと痛む。

「悌次郎……お前、大人になったな」

周子が東京に戻ることは、悌次郎たち兄弟にとって寂しいことに違いない。ある意味、母親が亡くなったときと同じぐらいの喪失感《そうしつ》だろうに、悌次郎は自分のことより姉を思って優しい言葉を語るのだ。

荘次郎の背中がいっそう丸くなる。

その背中が、荘次郎の苦悩を語っていた。

「私は情けない父親だ」

ぽつりと出てきた言葉が不思議に思えて、悌次郎は父を見た。

荘次郎は誰に語るともなく、言葉を続けた。

「こうして自分が暖かい場所にいる間にも、我が娘は、雪が降り続ける青白い寒空の下を、往診鞄片手にたった一人で歩いているんだ。黒マントの襟を立てて、かんじきの重い足を前へ前へと運ぶ姿が、はっきりと目に浮かぶよ」

荘次郎はそう言って目を閉じた。

しばしの後、再び見開いた目には、懺悔《ざんげ》の色がにじんでいる。

「周子を、一刻も早く、暖かい場所へ導いてあげたいと思っている。んでもな、いづまでも、この寒村にいでもらいたいども、思ってしまうんだ」

「お父さん……」

真っ赤に燃える炎の中、薪が爆《は》ぜる。

父と息子、二人の瞳に同じ炎が映っていた。

「大丈夫だ、心配ねぇよ。この冬が明けたら周子を東京へ帰すって……今度こそ、そう決めたんだ」

「……うん」

祈るように頷く悌次郎の横で、荘次郎は揺れる心を静かに収めようとした。


その日は久しぶりに晴れた美しい日だった。銀色に輝く雪野原には、郵便配達人の足跡と、山ウサギの足跡が音符のように並んでついていた。

弾むような足跡とは裏腹に、彼が運んできた知らせは、志田家を暗闇《くらやみ》に沈めるほどの悲しいものだった。陽太郎からの手紙を受け取った荘次郎は、すぐさま周子を呼んだ。

父の青白い顔を見た周子は、すぐに悪い知らせだと察した。だが、聞かずにはいられない。

「お父さん、どうしたんですか？」

「……陽太郎が……出征《しゅっせい》する」

声も出なかった。

荘次郎も続く言葉が見つからないでいる。

少しして、絞り出すように周子が言った。

「……もうすぐ学校卒業なのに？　そんな歳で兵隊さんにとられるの？」

「志願したんだそうだ」

「そんな」

「立派だ……お国のために、あいつは」

「だけど」

「あど言うな！」

荘次郎は投げ捨てるように言い置いて、奥の部屋に行ってしまった。その背中が震えていることに、周子は気付いていた。

あと少し、あと少しで春が来るはずだった。またしても東京の空は、はるかに遠のいてしまうのか。

……陽太郎、どうか無事で帰ってきて。

周子は祈る。言葉に出してはいけない想いを抱いて、ひたすらに祈った。

そんな姉の姿を悌次郎だけが見ていた。

命芽吹く春が来た。

あれだけ待ち焦《こ》がれた季節になっても、人々の心は晴れなかった。美しい里山の景色も、誰の心をも癒《いや》してはくれなかった。

周子は毎日、出羽三山《でわさんざん》の神々に陽太郎の無事を祈った。それは荘次郎も他の家族も同じだ。だが皆の祈りも虚《むな》しく、いよいよ戦火は激しくなっていった。

貧しい寒村でも次々に若者が徴兵《ちょうへい》された。当然、田んぼに出る人間が足りなくなり、腰の曲がった老人も幼い子供も総出の農作業が続いた。この村で遊んでいる人間は一人もいなかった。いや、きっと日本中がそうなのだろう。

それから、いくつの季節を越えたのだろう。

隣町から来てくれるはずだった医師の話は、激しさを増す戦火とともに立ち消え、荘次郎の心をひときわ苦しめた。

ただでさえ厳しい寒村の生活は、日を追うごとに困窮《こんきゅう》を極めていった。人々は、今日一日どうやって腹をふさごうかと神経をすり減らし、知恵と工夫であらゆるものを食した。

戦乱の中でも、時折東京から便りが届いた。英俊は生まれ持っての視力のせいか、未だ徴兵されずにいるようだった。不謹慎《ふきんしん》だとは思いつつ、周子にはそのことが救いだった。人一倍責任感の強い英俊は、学校という職場でお国の役に立てるよう、必死にやっている。

親友の節子からは、勤めていた今村内科を休職し、いったん故郷の広島に戻るとの知らせが届いていた。

節子は、戦争が始まる少し前に結婚していた。相手も医師で専門は外科だと聞いている。その夫は今、軍医として前線にいた。

男性の医師が軍医として次々に戦地に赴《おもむ》く中、都会でも医師不足が起こっていた。そのため節子は引き留められたが、ずいぶん悩んだ末に、故郷へ戻ることを決断したようだった。故郷の年老《お》いた両親のことを放っておけないと、手紙には書いてあった。「決して空襲が怖いから帰るんじゃないわよ」と、相変わらず負けん気の強い、節子の言葉が綴られていた。

そして迎えた、昭和十九年。

久方ぶりに陽太郎からの手紙が届いた。

荘次郎はその手紙を一度だけ読むと、すぐさま神棚に上げ、皆の手の届かない場所へ置いてしまった。「陽太郎兄さんは元気にしているそうだ」皆にそう語ったときの手が、小さく震えているのが周子は気になった。

その夜遅く往診から戻ったとき、荘次郎はまだ起きていた。

「お父さん、いつも待っていてくれなくていいんですよ」

「待っていた訳ではねぇ。眠れねんだよ」

「陽太郎からの手紙……本当は、何て書いてあったんですか」

「……比島に行くそうだ」

「それって……」

荘次郎の顔が、辛《つら》そうに歪《ゆが》んだ。その顔を見れば、事態の深刻さが想像できた。

「こんなことを言うのは……村長として失格なのは分かっている。んでも……とにかく生きて……生きて帰ってきて欲しい」

「……はい。きっと元気に戻ってきます」

祈るような周子の言葉に、荘次郎は力なく頷いた。

「周子、あいつはな、私のために志願したんだ。私が村長だから、あいつは……」

「そんなこと！」

「いや、分がるんだ。うぢには兵隊に行けるような人間がいないべ。村から兵隊を見送るたびに、私が心苦しい思いをしていたのを、ちゃんと分がっていだんだべ」

「お父さん……」

「あいつが死んだら私のせいだな」

「陽太郎は生きて帰ってきます！　それまでわたしが頑張りますから！」

荘次郎はもう頷かなかった。頬がわずかに動いたのは、微笑もうとしたのかもしれない。

すっかり丸まってしまった背中に、周子はそっと手を置いた。そのまま優しくさすり、揉《も》みほぐしていく。荘次郎は一瞬戸惑ったが、すぐに目を閉じ、されるがままに身を任せた。

「……ほら、やっぱり。お父さん、背中が張っているから眠れないんだわ」

「あぁ、良い塩梅《あんばい》だなぁ。くたびれてるのに悪いなぁ」

「平気よ、これぐらい」

「すまない……」

周子は黙って父の背中を撫でた。優しく、優しく撫でた。

昭和二十年、夏の初め。

山々におかしな現象が起きた。笹藪《ささやぶ》の中に、見慣れない細かい白い花が一斉《いっせい》に咲き始めたのだ。よく見ると、それは笹の花だった。

村の老人たちは、日本に「神風」が吹いたのだと騒いだ。これはきっと吉兆、日本は戦争に勝つのだという噂が駆け巡った。

ずっと後になって、笹は百年に一度、花をつける植物だと言われていることが分かるが、そのときは誰も知らない。

笹の花は稲の花に似ていた。花が落ち、小さな実をつけたときには、人々はこぞって山に入り、笹の実を収穫した。

お世辞にも旨《うま》い代物《しろもの》ではなかったが、食べられるものは草の根でも食べなければいけないほど、食糧事情は逼迫《ひっぱく》していた。笹の実は、ありがたい天の恵みとなって人々に受け入れられた。

だが、ほどなくして日本は戦争に負けた。

日本中を疲弊《ひへい》させた戦争がようやく終わったのだ。

周子たち家族は、陽太郎からの便りを待った。庭に凜《りん》と咲いた百合の花だけが、慰《なぐさ》めだった。

涼しくなった頃、村に一人、また一人と復員兵が帰ってきた。

無傷の人間なんて一人もいなかった。体か、心か……どちらも、か。あちこちに傷を抱え、それでも皆たくましく、一日一日を必死に生き延びた。

大地に初雪が降り、新しい年を迎えてもなお、陽太郎の安否は不明だった。いろんな噂話を耳にしては一喜一憂しながら、志田家は長男の帰還を待ち望んだ。

その間に、悲しい知らせがひとつ届いていた。

空襲を避けるように東京を離れ、故郷の広島に帰省していた親友の節子が、ピカに遭《あ》い、命を落としたという知らせだった。

周子は戦争というものを憎んだ。運命というものを恨《うら》んだ。同時に、神に祈った。もうこれ以上、大切な人を奪わないで、と。

そして昭和二十一年三月。

一番恐れていたものが志田家に届く。

陽太郎の戦死公報を受け取った荘次郎は、そのまま、たたきに崩れ落ちた。春間近の暖かな日だった。

比島で戦死した陽太郎には、遺品のひとつもなかった。

志田家はなんとか葬式を出し、静かに長男の御霊《みたま》を弔《とむら》った。亡き兄の写真にすがり、小さい妹たちが泣いている。遺影の陽太郎は学生服姿で、鼻筋のすうっと通った美しい青年だ。母に似ている、と周子は思う。

せいの葬式のとき、その頬を撫でながら「お疲れさまでした」と陽太郎は言っていた。それなのに今、彼の亡骸《なきがら》を慈《いつく》しみ、撫でてあげることはできないのだ。こんなにも美しい青年が、異国の地で誰にも知られず土にかえるなんて絶対に許せない……周子は悲しみより先に、怒りが込み上げていた。

長男の葬式の日以来、荘次郎は布団から起きられなくなっていた。張りつめていた糸が切れてしまったのだろう。どこかが痛いということではなく、とにかく体に力が入らないようだった。

「すまない周子……お前一人にばかり負担をかけてしまって……」

「何を言っているの」

「お前には、また嘘をついてしまったな。たった三年の約束が、もう……十一年、か」

「お父さんのせいじゃありません。誰の……誰のせいでもないんです」

「……すまない……」

「お願いだから、もう謝らないで！」

荘次郎は、手の中にある湯呑《ゆのみ》に視線を落とした。

ぼそぼそと小さな声で呟《つぶや》いている。

「……いいんだ……もういいんだ……あとはお前の好きなように生きなさい」

白湯《さゆ》の入った湯呑を呆《ほう》けたように見つめている荘次郎は、まるで別人のようだった。

——これがあの、たくましかった父なのか。

周子は胸が詰まった。

このところ荘次郎は、周子の顔をまともに見なくなっていた。周子はそのことに気が付いていたし、腹も立っていた。父のこんな姿など見たくはない。自分が気の毒な人間だと思われていることも、嫌だった。

小さくなった父を見ていると、やり場のない悲しみが込み上げる。悟《さと》られないように席を立ち、そっと表へ逃げた。

一人になり、周子は泣いた。

百合の花が今年も芽を出している。戦時中、飢えに負けて、百合根を食べてしまいそうになったこともある。だが、その都度思い直し、英俊からの贈り物を、大事に株分けして、ここまで増やしてきたのだ。

診療所脇の小さな庭も、自宅の周りも、今ではたくさんの百合の花に包まれている。夏になるたびに可憐《かれん》な匂いが辺りを満たし、周子の心を和《なご》ませてくれていた。

その、可愛《かわい》らしい小さな芽を撫でながら、周子は泣いた。悌次郎の瞳が見守っていることなど、気付きもしなかった。

「いしゃ姉ちゃん！」

「……悌次郎」

周子は慌《あわ》てて涙を拭いた。無理やり笑顔をつくろうともした。

そんな周子を見て、悌次郎は何だか怒っているような顔をした。

「いしゃ姉ちゃん、東京さ行ってけろ」

「え……」

「俺がこの家ば守るがら。もう泣がねでけろ」

悌次郎はまっすぐに周子を見た。

――いつのまに、こんなに大きくなったのだろう。

小さくて甘えん坊の坊主頭はもういない。もう十七歳なのだ。その強い瞳は揺れることなく、周子の目に溢れてくる涙さえ包み込もうとしている。

思えば、ずっとずっと、誰よりも傍にいてくれたのは悌次郎だった。これまでも、こんなふうに陰《かげ》から自分を見てくれていたのかもしれない。

気付かなかった優しさが、そこにはあった。感謝と少しの後悔——そして、恥ずかしさと愛しさ。

「悌次郎……ありがとう……ありがとうね。でもね、この村の人は誰が守るの?」

周子は微笑んでみせる。

それは、悲しい笑顔だった。

悌次郎はもう、何も言えなかった。

＊

正直に告白すると、私は百合の花の匂いがあまり好きではありませんでした。いしゃ姉ちゃん……姉が大事にしている花だから、当時は誰にも言いませんでしたけれど。

今でもあの華やかな匂いを嗅《か》いでいると、なぜだか心がざわざわするのです。百合の花の匂いにはそんな効果があるのですかね？　いや、きっと私の中で、当時の不安な記憶と百合の匂いがひとつになってしまっているのでしょう。

昭和二十一年……しんどい時代でした。

私たち家族は、辛いことも悲しいことも、両手にいっぱいあったけれど、姉の頑張りに支えられ、歯を食いしばって生きていました。

姉は、本当はよく笑う人なんです。

お茶目で、ユーモアがあって、可愛らしい女性です。私がいくらそう言っても、村の人はなかなか信じてくれませんでした。しょうがありませんよね、厳しい顔で診察する姿しか見ていないのですから。

そんな姉が一度だけ……感情をむき出しにして怒ったことがあるんです。兄弟で遊んでいたときでした。末弟の育三郎《いくさぶろう》が、あやまって百合の花の芽を踏んづけてしまったのです。姉は火がついたように怒りました。私たちは「ごめんしてけろ、ごめんしてけろ」と泣きながら謝りました。

自分のほうが叱《しか》られているような顔をして、姉は、ぽろぽろ涙を流していました。

同じ年の、夏の終わり頃だったと思います。

その日は朝から蟬《せみ》がやかましく鳴いていて、咲き終えた百合の花弁が辺り一面に落ちていました。いつものように家を出る姉を、私は玄関先まで見送りました。

珍しく、父も一緒でした。

姉は元気に「いってきます」と言いました。「周子、気を付けてな」と父が返します。診療所まで出勤するだけなのに、なんだか大袈裟《おおげさ》だなぁと子供心に思いました。

そのとき、姉が驚いたように父を見たのです。そしてすぐに表情を戻し、優しく微笑みました。

その観音さまのような顔を見ていたら、なぜだか、姉はここから消えてしまうような気がしました。でもすぐに、そんな訳はないと頭を振ったのです。

父は、姉の姿が見えなくなるまで、道路に立って見送っていました。その横顔がとても悲しそうで、見ているとと胸が苦しくなりました。

そして、今度こそ確信しました。

あぁ、いしゃ姉ちゃんは本当に、このままここを出ていくんだ、と。

でも、何も言えませんでした。

今思えば、父も同じように感じていたから、あんな行動を取ったのでしょう。

でも、父も何も言いませんでした――。

＊

荘次郎の視線を背中に感じながら、周子は診療所への道を歩いた。

……お父さんはきっと、まだこっちを見ている。たぶん、気が付いている。

振り返って確認したい気持ちを抑え、周子は下腹に力を込めた。これから自分がしようとしていることを考えると、足がすくむ。わずかな迷いを振り切るように、周子は一歩一歩、力強く進んだ。

三日前、志田家に速達が届いた。

その夜遅く、周子が家に戻ると、ちゃぶ台の上に自分宛ての速達があった。そのにじんだ赤い印に、心臓がどくんと音を立てる。

英俊からだった。

急いで封を切り、文字を追う。

「――縁談を受けることにしました。年老いた両親のためにも、これ以上、独身を通すわけにはいかないのです。君の状況は誰よりも理解しているつもりです。だから君を責める気はない。ただ、最後にもう一度だけ、君に問いたい。君は誰のために生きているのですか？　僕は君と生きたかった……自分自身のために。八月二十七日、山形駅まで君を迎えに行きます。東京行きの切符を二枚準備して待合室で待っています。それが最後の、僕の賭けです。もし君が来なければ、きっぱりと諦《あきら》めて僕は――」

周子は激しく動揺した。

急ぎ、暦《こよみ》に目をやると、その日はすぐそこに迫っていた。

速達を受け取ったのは父だろう。何かを感じただろうか？

眠れない夜が続いた。

迷って、迷って……今朝、八月二十七日、その答えを出した。

――わたしは、この村を出ていく。

美しい朝焼けの中、そう決めたのだった。

診療所に着いた周子は、戸棚を開け、一番奥から箱を取り出した。中にはハイヒールが大切に仕舞われていた。

思えば十一年前、この靴を履《は》いて、周子は東京から戻ってきたのだ。あと少ししたら、またこの靴を履いて、この場所を出て行く。よく手入れされた革靴を見ていると、いかに自分がここを出て行きたかったかが分かる。

いつか出て行くことを前提で、この村にいた自分……確かに村人たちにとったら面白くない存在だったろう。可愛くない女だと思われても仕方がなかったのかもしれない。ここを出ていく段になって初めて気が付くなんてと、周子は思う。

……でも、もういいんだ。誰にどう思われたって。

家族は泣くだろうか。責めるだろうか。

村の人たちは、ここぞとばかりに陰口《かげぐち》を叩くかもしれない。きっと悌次郎だけが一人、わたしを庇《かば》うのだろう。

荷物はほとんど持たずに行くつもりだった。使い慣れた聴診器だけは、お守りのように鞄の中に入れてある。十一年前、ここに来るときもそうだった。

最後に、手紙の分厚い束を仕舞うと、一気に鞄が重くなった。十一年の歳月の重さだ。

苦楽を共にした診察机、患者用の椅子《いす》、建てつけが悪くなってしまった窓……診察室のひとつひとつを慈《いつく》しむように撫でながら、周子はふと自分の手が気になった。昔はもっと柔らかくて白い手だった。すっかり節《ふし》くれだって荒れている。

……今のわたしを見て、英俊さんはどう思うだろう。

今更《いまさら》ながら、失ってしまった青春を思う。

込み上げる不安を打ち消すように、周子は白衣を脱いだ。顔をきりりと引き締め、ハイヒールに足を入れようとしたときだった。

「せんせ！　いしゃ先生！」

乱暴に扉が開き、男が飛び込んできた。

「権兵衛《ごんべえ》さんどごのじんちゃん、転んで大変なんだど。今から一緒に……あれ、いしゃ先生、どっか行ぐのが？」

周子の旅装に気付き、男は言った。

周子は答えず、目を閉じる。

静かに、己《おのれ》の心に問いかけた。

――あなたは医師ですか？　女ですか？

長い時間黙っている周子を、男は心配した。

「……せんせ？　どげ……したのや？」

周子は動かなかった。

最初の約束だった三年目に、母が死んだ。次の約束だった六年目、高等学校卒業直前に、陽太郎は兵隊になって戦地へ行ってしまった。また三年が経《た》ち、終戦を迎え、今度こそはと帰還を待ちわびていたのに、陽太郎は永遠に帰らぬ人となってしまった。

そして今日、何もかも捨ててここを出ていこうとした瞬間、こうやって急患の知らせが入ったのだ。これらすべてが神さまの示した道標《みちしるべ》だとしたら……。

――いつまで言い訳しながら生きるの？　わたしの人生を選ぶのは、わたし。

しばしの後、目を見開いた周子は、旅行鞄を置いた。

奥に仕舞ってあった往診鞄を取り出し、さっき脱いだばかりの白衣を羽織《はお》る。

「さ、案内してください」

「んでも、いしゃ先生、どっかに行ぐはずだったんじゃ……」

「いいんです。諦めますわ」

周子は笑顔だった。

もう迷わない――わたしはここにいよう。

誰の命令でもない、自らの意志でこの村に留《とど》まることを決意した瞬間だった。

転んだという急患の老人は、思ったより重症で、腕の骨が折れていた。

夕方、診察代の代わりに持たされた蕨《わらび》の塩漬けをぶら下げながら、周子は家に戻った。

悌次郎は目に涙をいっぱい浮かべて、「おかえり」と言った。「ヘンな子ねぇ」と笑いつつ、周子は全部分かっていた。父は台所でご飯を炊《た》いていた。周子が傍に行き「ただいま」と言うと、目を合わさずに「あぁ」と返した。

父の背中に向かって、周子は言った。

「患者さんから、蕨の塩漬け、もらってきたから」

「ほぉが」

「お父さん、好きでしょう？　今日はこれで一杯やりましょうね」

「んだな」

振り返った目尻に、深い皺《しわ》があった。優しい、優しい皺だった。

その夜、周子は最後の手紙を書いた。

診療所の窓から見える夜空は、どこまでも澄んでいる。少し眺めている間にも星が流れては消えた。

周子の心は不思議と落ち着いていた。こんなに穏《おだ》やかな夜は、故郷に戻ってから初めてかもしれない。

『拝啓　伊藤英俊さま。速達、本当に嬉しかった。ありがとう――』

便せんに一行綴って、傍《かたわ》らの英俊の写真を見る。

いつのまにか、この写真がお守りのようになっていたのかもしれない。彼は生身の人間で、お守りなんかじゃない。

時は流れている。

――わたしたちは、生きていかなくちゃ。

『女に生まれてきて後悔したこともあるけれど、今は心から言えます。わたしは、わたしとしてこの世に生まれてきて、あなたに出会うことができて、本当に幸せでした。ありがとう』

写真の中の英俊に向かって、周子はちょこんと頭を下げた。七対三に分けた頭で、英俊は笑っている。

『最近ようやく気が付きました。

わたしは、この村が好きです。村の人々が好きです。最初は本当に嫌いだった。だから、向こうもわたしのことを嫌いだったんだと思います。

悪いことをあげればキリがありません。でも、しっかりと目を開ければ、ここにはここにしかない素晴らしい精神があることが見えてきます。

誰かが病気になると、一声かければ隣組が三十人も集まります。患者さんを運ぶために吹雪の中を一緒に歩き、運命を共にしてくれる……そんな結《ゆい》の精神が、ここにはあるのです。

振り返れば、わたしはいつも誰かのせいにして自分の人生を生きてきました。運命という大きな波に、いつも溺《おぼ》れそうになっていました。わたしはもう、言い訳しながら生きるのは嫌なのです。

……英俊さん、わたしはもう迷いません。覚悟を決めました。この村で、一生を生きていきます。あなたも自分の場所で生きてください。そして、どうか、どうか、あなたが幸せでありますように――』

便せんを丁寧に畳んで、封筒に入れる。宛名は、書かなかった。その手紙が投《とう》函《かん》されることはないからだ。東京の思い出が詰まった宝箱へ、ハイヒールと一緒に仕舞った。

# 第六章　野に咲く小花のように

「いしゃ姉ちゃん、いいが、手ぇ離すぞ！」

「待って、ちょぺっと待って」

「大丈夫だ、ほら、いちにの、さんっ」

真新しい自転車が悌次郎《ていじろう》の手を離れ、よろよろと進んでいく。運転している周子《ちかこ》は、おっかなびっくりの、へっぴり腰だ。

比較的なだらかな砂利道《じゃりみち》を選んでの練習だったが、道端にはまだ少し雪が残っている。転んでも痛くない天然の防護マットだと、悌次郎は周子を励《はげ》ました。

「ほれ、ちゃんと顔上げで！　肩の力抜いで、おもいっきり漕《こ》げちゃ」

「したって、おっかなくて」

「自転車は勢いつけで漕いだほうが安定するんだ、ほれ、がんばれ！」

すっかりたくましくなった悌次郎が、自転車と並走しながら叫《さけ》ぶ。周子はふと不思議な気持ちがした。瘦《や》せっぽちで甘えん坊だった弟が、気が付けばとうに自分の背を追い越し、誰よりも頼れる存在になっている……。誇《ほこ》らしいような寂《さび》しいような、むずむずした感慨《かんがい》に襲《おそ》われる。

「いしゃ姉ちゃん、だいぶ様になってきたな」

「コツが分かれば簡単よ」

「あんまり調子にのんなよ」

「あぁ、早い早い！　こんなに便利だったら、もっと早く練習すれば良がったちゃ」

「よぐ言うよなぁ」

「いっそのこと、オートバイの免許取ろうかしら、ねぇ？」

　そう言って横を走る悌次郎を見たとたん、よろよろ、どすんと自転車は倒れた。

「オートバイ、絶対やめたほうがいいよ、いしゃ姉ちゃん」

　雪の上で顔をしかめる周子に向かって、悌次郎は微笑《ほほえ》んだ。

大井沢《おおいさわ》村に、今年もちゃんと春がやってきた。

　昭和二十四年、周子は三十八歳になっていた。着るものも、使う言葉も、なんだかすっかりこの土地の人になってしまったわ、と周子は冗談めかして嘆《なげ》いたが、悌次郎にとっての周子は、いつまでもハイカラで眩《まぶ》しい存在だ。

この往診用の自転車は、村の予算で購入してもらったものだ。

二年前、周子は女性で初めての村議会議員に当選した。村医と校医の仕事で手いっぱいの周子は、立候補の薦《すす》めを何度も辞退した。だが、この村の女性たちの生活を少しでも良くしたいと長らく願っていたのは事実だった。とくに乳幼児の死亡率が異様に高いことを気にかけ、ずっと調査してきた周子は、この村の生活様式から変えなければいけないと思い至っていた。

そのために必要なら何にだってなろう——最後は、そう覚悟しての立候補だった。

この村の女たちは、子供が三歳近くなっても平気で母乳を飲ませた。産気《さんけ》づくまで水田で働き続けるので、早産する者も多かった。

たとえば「離乳食」という概念ひとつ伝えるにしても、嫁さんたちに会うことすら叶わないのだからしょうがない。農村では長らく、「女は外に出るな。意見を言うな」というのが当たり前、嫁さんたちは舅《しゅうと》や姑《しゅうとめ》の言いなりで、表で情報交換することもままならないのだ。

周子はこれまで、育児に関する正しい知識を、粘《ねば》り強く嫁さんたちに伝えてきた。同時に、子供を持つ家族にも、間違った子育ての考えを正し、諭《さと》すように声を掛けてきた。煙《けむ》たがる人も大勢いた。だが、この頃の周子は、たくましさを増していた。

婦人会を組織するよう提案し、定期的に勉強会も開いた。ついには女性で初めての村議会議員となった周子は、今や村の女性たちの密《ひそ》やかな希望となっていた。「密やかな」というのは、女性の参政権が確立されたとはいえ、この村で大っぴらに周子を応援することは、まだまだ勇気がいることであったからだ。

周子のように、誰に対してもはっきりとものを言える女性は、家に閉じ込められている嫁さんたちにとって、憧《あこが》れと救いの存在だった。女たちは「いしゃ先生に呼ばれて仕方なく行ってくる」と言い訳し、いそいそと会合に出かけた。周子もそれで良いと思っていた。

往診用の自転車入手にまつわる話も、村の女たちの胸をすくものであった。

この辺りでは、議会の会期中、連日の大宴会が開かれるのが通例である。その日も大酒が振る舞われていた。

そんな中、周子は「往診用の自転車を購入してもらえないか」という提案を出した。日頃から周子の存在を面白く思っていない議員たちは、ここぞとばかりに抗議した。

「自転車なんて高価なもの！」

「お前一人のために、そんな無駄な経費は出せるわけがないべ！」

赤ら顔の議員たちに口々に言われ、周子は思わず立ち上がった。

「わたしは今まで、片道十キロも歩いて往診してきました。雨が降ろうが吹雪《ふぶき》だろうが、患者さんに呼ばれたら行くしかないんです。ときには命懸けのこともあるのは、皆さんも承知のはずです。夏の間、一年の半分だけでも、自転車に乗せてもらうことが無駄な経費だと言うのなら、いま目の前で飲んでいるこの酒代はどうなんですか⁉ これこそ無駄ではないのですか⁉」

場内は静まり返ったという。

その日、診療所は朝から混んでいた。

春の陽気に誘われたのだろうか、ずいぶん遠方から来ている患者もいる。待合室の畳の上は、年配の患者たちが慣れた様子で陣取っていた。幸いにも一刻を争うような患者はおらず、皆、世間話に花を咲かせていた。

大きな風呂敷《ふろしき》を背負った少女がやってきたのは、お昼少し前だった。「あのお、先生は？」おどおどと尋ねる少女に、常連患者が次々に質問を投げる。

「おめ、一人でここまで来たのが？」

少女はこくりと頷《うなず》く。この辺りでは見かけない可愛《かわい》らしい少女に、皆は興味津々だ。

「遠くがら来たんだべ？　若いのに、可哀《かわい》そうになぁ」

「どっか苦しぐないが？　ほだなとこに突っ立っていねぇで、ここさ来て座れ」

矢継《つ》ぎ早《ばや》に話しかけられ、少女は動けない。

「初めでだがら作法わがんねぇんだな。そごの帳面さ名前書いで、ここで座って待ってるんだよ」

「……でも、あたし……」

「おめ、字ぃ書がんねぇのが？」

「書けます！　そうでねくて、あたし、周子先生に——」

「せんせは、今忙《いそが》しくてダメだ。自分の番が来るまで、騒がねぇで待ってろ。な」

しょうがなく腰を降ろす少女に、なおも質問が飛ぶ。

「おめ、どご悪いのや？」

「こだな娘っ子、恥ずかしくて言えねぇべ」

「んだなぁ。おめみだいな婆《ばぁ》さんど違って、恥じらいがあるがらな」

「うるさいわ、このタヌギおやず」

「なんだど？　おめ、失礼だべ！」

「先に失礼なごど言ったのは、おめだべや」

「おめごぞ、人より丈夫なくせに、病人のふりして畑仕事さぼって」

「ちょっと！　なんてごど言うんだ」

仲が良いんだか悪いんだか、この常連患者の愉快な口喧嘩《くちげんか》はいつものことで、待合室の患者たちは、声を殺して笑い合った。

傍《かたわ》らで少女だけが一人、ひたすら困っていると、診察室の扉が開いた。

「次の方、中へどうぞー」

中から周子の声がする。

少女はさっと立ち上がり、呼ばれた人より先に歩き出した。

「お嬢《じょう》ちゃん、ダメだよ、横入りして」

「んだんだ、次はおれの番だじぇ」

「ちがうんです、周子せんせ、あたし」

「――うるさいわよ！　聴診器の音、聞こえないべ！」

怖い顔をした周子が、ぬっと顔を出す。

「せんせ……あたし、幸子《さちこ》です」

「——あら、さっちゃん」

周子の顔を見て、少女がぺこりと頭を下げた。


幸子は、この春、中学を卒業したばかりの十五歳だ。

診療所の助手を探していた周子は、遠縁の親戚《しんせき》の幸子を預かることにした。お茶を淹《い》れようとする周子に恐縮し、幸子が急須を奪おうとする。

「周子せんせ、あたしがするっす」

「いいの、いいの。そんなに気ぃ遣わないで。でも早かったわね、まだ卒業式終わってないんじゃないの？」

「いいなだ、ちゃんと、卒業はしたもの。うぢの人が一日も早く奉公しろって。周子せんせ、困ってだべがら、って」

「ごめんね、なんだか急がせちゃったのね」

「あたし、米二俵《ひょう》ももらって奉公するんだもの。うんと頑張らねぇど、ばぢあだる。んでも……あたしで何かの役に立づんだべが」

「少しずつ覚えていってもらえばいいわ。焦《あせ》らずに、ね」

「……はい」

「さっそく午後から手伝ってもらうわね」

幸子は大きな瞳をさらに大きくして、ごくりと唾《つば》を呑み込んだ。


午後、最初の患者は、鎌《かま》の手入れ中に腕を傷つけてしまった男性だった。周子の後ろでおどおどと立っている幸子は、さっきから患者よりもよっぽど痛そうな顔をしている。

「さっちゃん、ガーゼとりかえてくれる?」

「えぇっ⁉　……あ、はい」

「そこの洗面器で手を消毒して、ピンセットでな」

「は、はい」

幸子は言われたとおりに手を消毒した。震える手でピンセットを持ち、恐る恐るガーゼをつまむ。不安そうな患者と目が合うと、さらに緊張が高まった。

そおっとガーゼを剝《は》がそうとした瞬間、患者の悲鳴が上がる。「痛《い》で」と言われると動きが止まり、また少し動くと「痛でで」と言われる。幸子は今にも泣きそうな顔でガーゼを行ったり来たりさせていた。

「さっちゃん、ちょっと貸しなさい。そういうふうにやったら、かえって痛いなだ。びっと剝がせ、びっと！」

その言葉と同時に、周子は一瞬でガーゼを引き剝がした。患者は短く悲鳴を上げ、呆然《ぼうぜん》と周子を見ている。

「……な？　このほうが痛くないべ？」

引きつった笑顔で頷く患者に、周子は満面の笑みを向ける。

幸子の口から、ため息が漏れた。


夕暮れの診療所は、静かで、どこか物悲しい匂いがすると悌次郎は思った。ここは毎日、たくさんの人が訪れては去っていく、特別な空間だからかもしれない。今日もまた一時の喧騒《けんそう》があって、再び静寂《せいじゃく》が訪れていた。

暖かな西日が差し込む休憩室で、幸子は留守番をしながら、包帯を巻く練習をしている。さっきから、悌次郎は付き合わされていた。

「なぁ、さっちゃん。よし婆《ばあ》、どっか悪いのがな？」

「さぁ。周子せんせ、なんも言わねぇがら」

「んだよなぁ。いしゃ姉ちゃんは、患者さんのごど、何にも話さねぇもんなぁ」

周子は午後の往診から戻ると、すぐにまたよし婆の家に出掛けてしまっていた。

「あのね、周子せんせは、よし婆のごど、特別大事にしてる気がするんだ」

「したって、よし婆は、いしゃ姉ちゃんの最初の患者さんだもの」

「最初の？」

「うん。この診療所が開いてすぐは、だーれも患者さん、来ねがったんだよ」

「ほんてん？　今は毎日、待合室に座りきれないほど患者さん来てるのに？」

驚く幸子を見て、悌次郎は可笑《おか》しくなった。

幸子が来てから、こんなふうに昔のことを振り返ることが多くなっていた。少しだけ心に余裕が出てきたのだろう。思えば、長い時間、必死で目の前のことだけをやってきた。そうやって気が付けば今日になっていたのは、何も周子だけではない。それは悌次郎たち家族も同じだった。

薬品の数も増え、レントゲン室も、患者が泊まれる入院部屋も新たに増築されたこの診療所を、悌次郎はあらためて見渡した。開店休業状態だった頃が懐《なつ》かしかった。

「どうして患者さん来るようになったの？」

「それはよ、猫、生き返らせだがらだ」

「……猫？」

意味が分からず、ぽかんとしている幸子を見て、悌次郎は笑った。笑いすぎて終《しま》いには涙が出た。あの頃のことを、こうやって笑い飛ばせることが、本当に嬉《うれ》しかったのだ。

「もー、悌次郎さん、あっちゃこっちゃ動ぐがら、せっかく巻いた包帯取れだよ」

「ごめん、ごめん。んでも、さっちゃん、包帯巻くの上手になったたっちゃ」

「練習だとうまぐいぐのに、なして患者さんの前だどダメなんだべなぁ」

「緊張するのが？」

「うん、患者さんっていうが、周子せんせの前だど、緊張するんだ。なんかこう、手ぇ震えでしまって」

「おがしいなぁ。いしゃ姉ちゃんは、ちっとも怖ぐないっちゃ」

「……怖いよ」

「人さまの命預かる仕事だがらな。そりゃあ厳しいがもすんね。んでも、本当は面白くて、めんこい人だよ」

「ほんとがな……」

「ほんてんだ。それによ、びっくりするほど女の子らしいものが好きなんだよ」

「うそ？」

「桃色とか赤とか水玉模様とか、選ぶのは、めんこいのばっかり」

「ほんとがなぁ」

幸子は首を傾げつつ、悌次郎の腕に包帯を巻いている。なかなか器用な手つきだった。

幸子が志田《しだ》家へ奉公にやってきて、もうすぐ一か月が過ぎようとしていた。兄弟が少なかった幸子は、大家族に初めこそ戸惑《とまど》いはしたものの、歳の近い悌次郎たち兄弟ともすぐに仲良くなり、今ではすっかり打ち解けていた。

ただ、診療所での仕事だけは相変わらずで、鈍臭《どんくさ》い失敗を繰り返しては、周子に怒られていた。

入口の戸が開く音がし、周子の声がする。

「ただいま」

「いしゃ姉ちゃん、よし婆は、どげだった？」

「うん、大丈夫よ」

手を洗いながら周子は答える。

幸子は悌次郎に顔を寄せ、周子に聞こえないような小さい声で尋ねた。

「なして、わざわざ聞くの？」

「いしゃ姉ちゃんは、どうせ何にも答えないのに、ってが？」

こくりと頷く幸子に向かって、悌次郎が意味深に微笑んだ。

悌次郎たち家族が患者さんのことを質問しても、周子は絶対に「大丈夫」としか言わなかった。病名も、病状も、何ひとつ答えない。悌次郎も分かっていて、それでもいつも同じやりとりを儀式のように交わすのだ。

幸子にも、医師とその家族の間にある、目に見えない暗黙の絆《きずな》……掟《おきて》みたいなものが、少しずつ分かってくるだろう。そう悌次郎は思っている。

「そうだ、さっちゃん。包帯うまぐできたら、次、注射の練習すっぺな」

「えっ⁉」

驚いて声を上げたのは幸子だけじゃない。

悌次郎は巻きかけの包帯を引きずったまま、慌《あわ》てて診療所から逃げ出した。

「周子せんせ、悌次郎さん、行っちゃいました」

「しょうがないわねぇ。体は大きくなっても意気地《いくじ》がないこと。……よし、じゃあ、お裁縫《さいほう》の時間にしましょうか」

そう言って周子が取り出した布切れを見て、幸子は微笑んだ。薄桃色の可愛らしい水玉模様だった。

今年もまた、出羽三山《でわさんざん》の山開きを迎えた。

診療所の窓を開け、緑濃い初夏の匂いを味わいながら、周子は今日も机に向かっている。

「いしゃ姉ちゃんは、いっつも何か勉強してるんだな。患者さんいねぇときぐらい、遊んでればいいのに」

「あら、悌次郎も一緒に勉強してもいいのよ」

うへー、と言って悌次郎は外に出ていった。

「周子せんせは、本当にえらいなぁ」

「さっちゃん、ありがとね。でも、褒《ほ》められるようなことは何もないのよ」

「んだって、あたし、医者なってがらも、こんげぇ勉強しなきゃならねぇって、知らねがったぁ。びっくりしたっちゃ」

村人が一人前と認めてくれるようになった今でも、周子が学ぶべきことはたくさんあった。日進月歩《にっしんげっぽ》の医療の世界で、中央から遅れていることは周子自身が一番よく分かっていたのだ。県の医師会に呼ばれるようになって、周子の焦りはいっそう深まっていた。

――人と比べるばかりじゃダメよ。医は仁術《じんじゅつ》なり……まずは目の前の患者さんにきちんと向き合おう。

自身を励ますように医学書をめくる。

そんなとき、診療所の裏手から子供たちの声がした。そこは小川が流れ、小さな菜園もある。近所の子供たちの遊び場でもあった。

周子は医学書を閉じ、窓辺に立つ。外で元気に遊ぶ子供たちの姿を、目を細めて眺めていたときだった。

「こら！　触っちゃダメ！」

突然、周子が叫んだ。びくりとした幸子も外を見る。そこには、周子が植えた野菜の苗があった。少し色づき始めた青い実を、子供たちが取ろうとしていたのだ。

「あんたたち、それ、もいだら怒るわよ！」

あっかんべぇをして走り去っていく子供たちに、呆《あき》れたようにため息をつく。

「ったく、もう。油断も隙《すき》もないわ。さっちゃんも、あの子たち見張っててね。あれはもっと赤くなってから食べるんだから」

「あれ……なんですか？」

「トマトっていうの」

「へぇ。聞いだごど、ないなぁ。どげな味するんだべなぁ」

「美味《おい》しいわよぉ。中に、ぷるぷるっとした種と甘酸《あまず》っぱい汁が、いっぱい入ってるの」

「ふーん。周子せんせが持ってるものって、みんなハイカラだなぁ」

「そう？」

「トマト、かぁ。食べでみでぇなぁ」

想像して酸っぱそうに口をすぼめる幸子を、周子は微笑ましく見ている。

数日後、よし婆が久しぶりに診療所を訪ねてきた。

これまで毎日のように診療所にやってきては、世間話をしていたよし婆だった。そのたわいもない時間に周子はどれだけ助けられたかしれない。だが、元気でよくしゃべるよし婆が、このところ臥《ふ》せっていた。周子が往診鞄《かばん》片手に自宅を訪ねると、なんだかへんだ、調子が狂う、と笑っていた。

「おれはいつでも六十歳」と言って笑わせていたが、気が付けばもう七十も半ばになっている。さすがに食が細くなったと、嫁の春子《はるこ》も心配していた。

「よしさん、お加減はどうですか？　ここまで歩いてきて大丈夫だったが？」

「あぁ、大丈夫、大丈夫。ところで、いしゃ先生。今日は良い話もってきたぞ」

「あら、なんだべな」

「見合いだ、見合い。歳はちょぺっと食ってるげどよ、ながながの二枚目でな。母ちゃんに先立たれて、子供も一人いるんだげどよ」

「あら、そう。んでもなぁ、わたしにはまだ結婚は早いわ」

診察室に一瞬の静寂《せいじゃく》があった。

よし婆も春子も、幸子までもが、ぽかーんとしている。しかし次の瞬間、よし婆が吹き出した。

「あははは、せんせには、敵《かな》わねっちゃ～」

「せんせ、この歳になっても、まだ早いってが、あははは」

春子は涙を流すほど笑い、幸子だけが懸命にこらえている。

「んだって、わたし、まだケッツ青いもの」

真顔で言い放った冗談に、幸子もたまらず吹き出した。

「あ、さっちゃん、いま笑ったな」

「いえ、あの、その……」

しどろもどろになる幸子をからかって、また皆が笑った。

周子はふと、窓の外を見た。人影が横切った気がしたのだ。

「せんせ、あれ！」

幸子が指さした先には、近所の子供たちがいた。裏手の菜園では、トマトが赤く熟《う》れていた。そのキラキラと光る美味しそうなトマトに、子供たちは今まさに手を伸ばそうとしていたのだ。

「こら、もいじゃダメって言ったでしょ！」

周子と子供たちの、睨《にら》み合いが始まった。

子供たちは何やら顔を寄せ、ひそひそと作戦会議をしている。

少しして、一人の少年がにやりと笑った。そして、周子が見ている目の前で、どんどんトマトに顔を近付けていった。

「ちょっと、ダメって言ったでしょ！」

少年は大きな口を開け、かまわずトマトに近付いていく。

「ほんと、怒るわよ！」

「んだって、手で、もがねっきゃいいんだべ」

「――あ――」

次の瞬間、少年は、トマトに直接かぶりついていた。

歯型のついたトマトが、ぶらぶらと揺れている。

「……んめ」

口の周りは汁だらけ、にっこり微笑むその顔に、周子は吹き出した。

「いしゃせんせの、負げだな」

よし婆が愉快そうに言った。

「そうね、皆で食べましょ」

わーっという子供たちの歓声に包まれ、周子は裏の畑へ進んだ。

皆で一緒に真っ赤なトマトを齧《かじ》り、短い雪国の夏を味わった。


大井沢村の小中一貫校、通称かもしか学園は、今日も深い森に抱《いだ》かれるように建っている。

周子は長い間、ここで校医を務めているのだが、最近、子供たちの変化に気が付いていた。何かを観察する力、物事に興味を持つ力、動植物の命に対する尊厳の念が、ぐんと上がっている気がしたのだ。

荘次郎の後に着任した高橋校長先生は、自然教育に熱心な人で、僻地《へきち》ならではの教育を極めるべく日夜研究、努力を惜しまない人だった。だから自然と教師たちも志の高い人が集まってきた。

日本のチベットと揶揄《やゆ》される辺地においても、子供たちへの教育は中央に引けを取らない。いや、特定の分野においては、むしろこちらの方が先を行っていると周子は思った。自然と共存し、たくましく生き抜く力を身に付けた子供たちを見るのは誇《ほこ》らしかった。

そんな子供たちにも、苦手なものはある。怖いお医者さまと注射だ。

今年もまた、予防接種の季節がやってきた。白衣を着た周子が校庭を横切ってくるのを見ただけで、ベソをかく子もいた。

「さぁ、腕をまくって一列に並んでください。大丈夫、一瞬で終わりますよ。ちっとも痛くないですからねー」

注射器を睨みつける者、いつでもやり返せるように手にクギを忍ばせている者、大声で泣き叫ぶ者、学校中を逃げ回る者……周子はいつものことだと笑っているが、助手の幸子はほとほと疲労困憊《こんぱい》だ。

痛くなくなるおまじないだと、周子は泣きべその少女をさすった。少女がみるみる笑顔になっていく。えらいえらいと頭を撫《な》でると、他の子供たちも撫でてほしくて集まってくる。周子は嬉しかった。最後に、頑張った子供たちを集めて、たまごボーロを配った。

廊下から、周子を見守る視線があった。荘次郎《そうじろう》と校長先生だ。

「周子先生、立派になられましたなぁ。校医をやってもらうようになって、何年になりますか」

「はい。……もう、十四年経《た》ちます」

荘次郎はそう言って下を向いた。周子の姿から目を逸《そ》らし、まるで懺悔《ざんげ》するように続ける。

「校長先生……私はひどい父親です。娘には東京に好きな男がいだようだ。私はそれを知っていて、知らないふりをしたんです」

「そうでしたか」

「そもそも騙《だま》し討ちみだいに、この村に連れ戻したんですよ。あの子は本当に可哀《かわい》そうな娘だ」

「それはどうだべ」

校長の言葉に、荘次郎は驚き、顔を上げた。

「見てごらんなさい。あれが可哀そうな人に見えるが？」

校長の視線は、子供たちと触れ合う周子をまっすぐに捉えていた。

周子は笑っていた。

心から楽しそうに、校医の仕事をしているように見えた。そのいきいきとした姿に、荘次郎は目頭が熱くなる。

「可哀そうなんて言葉は、周子先生に失礼ですよ」

「校長先生……」

「おれも、周子先生に、頭撫でられたいもんだなぁ」

校長の目尻がきゅうっと下がった。

荘次郎は祈る。

どうか娘が幸せでありますように、と。

どこからか、子供たちの合唱が聞こえてきた。その歌声は、すべての人を許すかのように優しく伸びやかに響いてくるのであった。

♪　兎《うさぎ》追いしかの山　小鮒《こぶな》釣りしかの川
　夢は今もめぐりて　忘れがたき故郷《ふるさと》

如何《いか》にいます父母　恙《つつが》なしや友がき
雨に風につけても　思いいずる故郷
志《こころざし》を果たして　いつの日にか帰らん
山は青き故郷　水は清き故郷　♪

歌声は、周子の耳にも届いていた。

いつか、運命を呪《のろ》ってしまったこともあったけど、周子は今、幸せだった。

足りないもの、失ったものをあげれば、それこそきりがない。けれど、目の前には大切な仕事があり、守るべき人たちがいる。

――これ以上の幸せがあるだろうか。

子供たちの無垢《むく》な歌声は、清らかな血となり、周子の体を駆け巡る。全身が温かく解《ほど》けていくようだった。

「周子せんせ、大丈夫だが?」

幸子に呼ばれて初めて、周子は自分が泣いていることに気付いた。

「何か悲しいことでも思い出したのが?」

「ううん、ちがうのよ、さっちゃん。……幸せだなぁと思ったの」

幸子は不思議そうな顔をした。

そして、周子の背中を優しく撫でた。


昭和二十五年、二月。

その日は、春のような柔らかいお陽《ひ》さまが辺り一面を照らしていた。家屋をも呑み込むほどの積雪の中、じっと穴倉に閉じこもるように生活していた村人たちは、このときとばかりに一斉に外に出る。

油やさん、と呼ばれる行商のおじさんが村へやってきたのも、実に一か月ぶりだった。

油やさんが背負ってくる商品は実に多彩で、それこそ油の類《たぐい》から魚、乾物、菓子、日用品に至るまで、なんでもあった。欲しいものを伝えれば次に来るときに買い付けてきてくれるので、村人に重宝《ちようほう》されていた。馴染《なじ》みの客の好みは心得たもので、頼まなくても欲しいものを取り置いてくれたりもした。

そんな油やさんから、志田家ではいつも決まって買うものがある。

「お父さん、今日ね、油やさん来たのよ」

「おぉ、焼鮫《やきさめ》、あったか」

周子が、油紙に包まれた焼鮫を見せると、荘次郎は床《とこ》の中で目尻を下げた。

荘次郎が好きな「焼鮫」とは天日干《てんぴぼ》しした鮫のことで、独特の脂っぽい身を一人前ずつ切り分けて、甘じょっぱく煮付けて食べる。

「魚なんて本当に久しぶりよね。悌次郎たちも喜ぶわ」

「あぁ、楽しみだな」

そう言うと荘次郎は、大儀《たいぎ》そうに身体《からだ》を起こした。綿入りのどてらをかけられ、うんうんと頷く。ありがとう、ということらしい。

昨年末、本格的に雪が降り始めた頃から、荘次郎は臥せっていた。たくましかった体は痩せ細り、背中も小さくなった。

家族はあの手この手で食欲を戻そうと工夫しているところだ。今日のように、食べることに楽しみを感じてくれるのは本当に久しぶりのことで、周子は嬉しかった。

思えば、村長の座を後進に譲ったあたりから、気力の衰《おとろ》えはあったのだろう。「病」とはやはり「気」からくるものが大きいのだと、父の姿を見てつくづく感じる。

「さっきな、夢を見ていたんだ」

「夢、ですか」

「あぁ。お前がな、まだこんな小さくてな、私の膝《ひざ》の上に乗って遊んでいるんだ」

「それは夢かしら？　記憶じゃないの」

「さぁ、どうだべなぁ」

さも愉快そうに、荘次郎は一人笑む。

「なんですか、お父さん。にやにやして」

「ふふ、思い出すと可笑しくてな。幼いお前に私は『周子、大きくなったら何になりたい』って聞くんだ。『どうだ、医者になるが』ってな」

「わたしは何て答えたんですか？」

「『あたし、おいしゃイヤ。お嫁さんになる』って言われだよ」

「まぁ」

二人は笑った。

温かい微笑みだった。

しかし、少しの後、荘次郎の視線は落ちていく。思いつめたようなその顔は、神の前で許しを請《こ》う罪人《ざいにん》のようだった。

「……周子……お前には本当に……」

「お父さん！」

周子は、父の言葉を遮《さえぎ》った。

この先に続く言葉は、もう分かっている。

――申し訳ない、すまなかった、悪いことをした――そんな言葉など聞きたくはない。父に謝ってもらうことなど、何ひとつないのだから。だから、先んじて言葉を継いだ。

「お父さん。わたしは、お父さんの娘に生まれて幸せでした」

「……周子……」

「わたしはこの村にいます。これからも、ずっと。それはわたしの意志です」

「……ありがとう……」

荘次郎は嬉しそうに頷いた。

再びゆっくりと横になり、目を閉じる。

ほどなく、穏《おだ》やかな眠りが訪れたようだ。父の規則正しい寝息を確認しながら、周子も遠い記憶を探していた。

父の膝の上で遊んだこと、医師を目指すと決めたときに交わした会話……いつのときも変わらず見守ってくれた父が、そこにはいた。ふいに胸が締めつけられる。寝ている父の顔があまりに穏やかで、仏さまのように見えたから。

父はまた、夢とも思い出ともつかない記憶に浸っているのだろうか。どうかこのまま温かな時が続きますようにと、周子は祈る。

数日後、荘次郎は天に召された。

妻のせいが亡くなってから十二年後、同じ如月《きさらぎ》に旅立っていくなんて、実に荘次郎らしいと家族は思った。

教師として、校長として、最後は村長として、まさに、一生を大井沢村のために捧《ささ》げた人生だった。

――お父さん、長い間、本当にごくろうさまでした。

周子は空を見上げる。

そこにはいつもと同じ北極星があった。

「――お母さん、聞こえますか？　お父さんはね、うんと頑張ったのよ。いっぱい、いっぱい、褒めてあげてね。――陽太郎、元気にしてる？　お父さんのこと、頼んだわよ」

先に天国にいる母と弟に聞こえるように、そう天に向かって語りかけた。

＊

晩年の姉は、幸せだったと思います。

ええ、そうだったらいいなぁと思います。

妹たちは皆お嫁に行ってしまい、弟は進学して寮生活を送っていましたから、その頃の家の中は静かなものでした。

私も上の学校に進むよう強く勧められたのですが、断りました。中学を卒業したらすぐ、親戚《しんせき》から田畑を借り、農業をやるのだと心に決めていましたから。

「田んぼやりたいんだ」そう伝えたとき、姉は一瞬驚いた顔をして、すぐに「本心か？」と聞きました。志田家のためにと無理をしていないか、自分を心配して傍《そば》にいてくれるのではないか、と。

もちろん、それもあるよ……私は正直にそう言いました。そしてこう続けました。

自分は、本を読むのは好きだけど、勉強はあまり好きじゃない。だから、診療所の事務仕事を手伝いながら、家族が食う分ぐらいの田畑を作っていきたいんだ……そう言い終わると、姉は目に涙をいっぱい溜めて、うん分かった、ありがとうと言ったんです。

私は嬉しかった。

姉に、ちゃんと頼ってもらえたことが、心から嬉しかったのです。

それからの私は、姉に負けないように働きました。昼は畑仕事、夜はカルテの整理や伝票仕事をして、毎日忙しく働きました。

あるときなど、未収金分の伝票が山ほど出てきて驚きました。私が集金に回ろうとすると、玄関先で必ず「患者さんに無理させんなよ」と釘を刺されます。なので結局、未回収のままで終わることがほとんどでした。

そうそう、こんなこともありました。

昼間、私が耕運機を走らせていて、往診帰りの姉と鉢合わせしたことがあったのです。

自転車を耕運機の後ろにくくりつけ、自転車ごと姉を引っ張って走りました。姉は最初、とても怖がっていたけど、風を切って走るのが楽しくて、少女のようにはしゃいでいました。

私に酒の味を教えてくれたのも姉です。「ほれ、飲め、悌次郎」と言って、コップにウイスキーを注《つ》ぐんです。慣れない匂いに顔をしかめていると、少し水を足して、くるくるかき混ぜてくれました。

往診がない夜、姉は大好きなウィスキーをちびりちびりと舐《な》めます。その横に座って、私も一緒にちびりちびりやっていると、なんだか誇らしく感じたものです。

どんな話を、したんだっけなぁ。

長い長い時を共に過ごしたけれど、私が姉を思い出すときに浮かんでくるのは、いつも「横顔」です。静かに微笑んでいる菩薩《ぼさつ》のようなあの横顔、なんです――。

＊

稲穂が金色に輝いている。

田んぼ道を進む自転車は、黄金の海の中を進む小船のようだ。

寒河江《さがえ》川に差し掛かると、古い橋のたもとで子供たちが水遊びをしていた。周子は自転車を止め、嬉しそうに橋の下を覗《のぞ》き込んだ。

「みんな、なぁに捕まえっだのやぁ?」

「カジカ!」

「ほぉー。いっぱい捕《と》れだが?」

「まだ、ぜんぜん!」

女の子の返事が心外なのか、川の中で男の子がふくれ面《つら》を向けた。

「したって、この箱メガネ、水漏れするもん」

木製の箱メガネを指さし、男の子は言った。手には鈍い光を放つ銛《もり》がある。

「水漏れする箱メガネは、ロウソクを溶かして隙間《すきま》を埋めればいいのよ。……そうだ、たまごボーロ食べる?」

「食べるっ!」

周子が川辺に下りていくと、あっという間に子供たちに囲まれた。

だが、たった一人、川べりにしゃがみ込んだままの女の子がいた。よく見ると、その小さな女の子は、花を摘《つ》んでいた。周子はそっと近づき、声をかける。

「お花、好きなのが? ……じゃあ、おばちゃん家の百合《ゆり》、分けてあげるべね。大きくてきれいだべ? 本当は、よしさんにあげようと思ったんだけど、そっちはまた今度でいいな」

その小さな女の子は、一瞬、立派な百合の花を見たが、すぐに再び、川べりに咲いている小花に手を伸ばした。

「なに？　そっちの方がいいのが？」

女の子は、うん、と頷いた。

なぜか、周子の胸がざわめいた。

黄色い小さな花弁をつけたその雑草は、何という名前なのだろう。周子には知識がなかった。いやきっと、その花の名を知る人はほとんどいないだろう。

だがその小さな女の子は、花の名など関係なく、嬉しそうに小花を摘み、太陽にかざして遊んでいた。

——なんだろう、この気持ち。

「周子せんせぇ！」

はっとして声のする方を見ると、橋の上から幸子が手を振っていた。

「どうしたの、さっちゃん。こんなところまで迎えに来てくれたのが？」

「せんせ、これ、大事なお知らせだって！」

幸子の手には、書留があった。

それは、保健文化賞受賞の知らせだった。

昭和三十四年九月十五日、朝。

周子と悌次郎は、揃《そろ》って東京の地に降り立った。先日知らせが届いた保健文化賞の贈呈式に参加するための上京だった。

薄曇《うすぐも》りの東京の空を、それでも眩《まぶ》しそうに仰ぎ見た周子は、一晩中汽車に揺られていたとは思えないほど晴れやかな顔だ。傍らの悌次郎だけが面《おも》やつれして見える。

「どう、初めての東京は」

「……もう帰りってぇ」

悌次郎の情けない声に、周子は吹き出した。

「——さて。式まで、まだだいぶあるわね。銀座でも案内しましょうか。少し歩くわよ」

ハイヒールを鳴らして歩き出した周子の後ろを、荷物持ちの悌次郎がよたよたと付いていく。

細いかかとを見つめながら、よくもあんなに不安定な靴で、しゃきしゃき歩けるものだと感心している悌次郎の尊敬の視線とは裏腹に、周子は戸惑っていた。

——違う。もう何もかも、あの頃とは違うんだわ。

東京女子医専の仲間や英俊と歩いた思い出の街、銀座。二十四年ぶりに見る街に、当時の面影はほとんど残っていなかった。人々の歩く速度さえ違っている気がする。いや、自分のほうが変わったのかもしれない……そんなことを思うと、華やいでいた心も萎《しぼ》んでしまいそうになる。

戦火で失われたもの、取り戻したもの、新たに生み出されたもの……今を生きる人々の思いが重ね合わさるようにして街はできている。ここにはもう、自分の居場所は無いのだと痛感した。

「いしゃ姉ちゃん、よぐ人とぶつからねぇで歩げるなぁ」

感心したように声を上げる悌次郎を見て、周子は微笑んだ。

「すごいなぁ。いしゃ姉ちゃんはすごいなぁ」

悌次郎の言葉に背中を押され、周子は胸を張って歩いた。一歩アスファルトを叩くごとに、当時の甘酸《あまず》っぱい記憶が蘇《よみがえ》ってくるような気がした。

贈呈式会場の第一生命ホールは、大勢の人で溢れていた。放送局や新聞社の人間もたくさんいる。周子はあらためて受け取る賞の大きさに驚いていた。

「保健文化賞」とは、保健医療や福祉などで、顕著《けんちょ》な実績を残した団体や個人に贈られる賞だ。昭和二十五年に創設されたもので、この分野では国内で最も権威ある賞とされていた。受賞者は式典後、天皇皇后《こうごう》両陛下《へいか》に拝謁《はいえつ》が叶うことになっている。

「志田周子先生、こちらへどうぞ。……あ、お連れの方は客席でお待ちください」

係の者から、胸に大きな紅白コサージュをつけられた周子は、導かれるままステージ裏へと進んだ。

周子の姿が奥へ消えると、悌次郎も客席へと移動した。用意された椅子《いす》にそっと座り、そわそわと周りを見る。ここにいる大勢の人間が、姉を讃《たた》えるために集まってくれたのだと思うと、悌次郎の胸は高鳴っていた。

ざわめく客席の中で、悌次郎は思い返していた。

保健文化賞受賞の知らせを受け取ってからの周子は、まるで娘時代に戻ったかのようだった。自分の努力が認められたことへの喜びもあっただろうが、悌次郎の目にはちょっと違って映っていた。

「東京」という場所に再び向かうことへの喜びに見えたのだ。

周子はまず、ハイカラな婦人雑誌を参考にして型を作り、上等な布を仕入れて、自らワンピースを仕立てた。行商の油やさんに頼んで最新の口紅も購入した。へちまの化粧水を常より倍も時間をかけて肌に含ませた。ついには隣村に一軒だけある理容院まで出向き、パーマネントもかけてきた。

幸子は「似合う、似合う」と喜んだが、悌次郎はなんだか妙な気分だった。

東京、東京。

そこに何があるのかは分からない。

最初のうち、周子の心が華やいでいるのを見るのは嬉しかった。だが不思議なもので、浮き立つような周子を見るにつれ、自分でも説明できない嫉妬心《しっとしん》が湧いてきた。姉をそこまで駆り立てる「東京」という場所に、だんだん腹が立っていたのだ。

「ねぇ、悌次郎。やっぱり、ワンピースに付ける襟《えり》は、こっちの布のほうがいいかしら？」

むすっとして返事をしない悌次郎を、周子は不思議そうに見た。

「ねぇ、悌次郎ったら。どう思う？」

「襟なんて付けねっきゃいいべや」

ぶっきらぼうに答えたが、意外にも周子はその答えが気に入ったらしく、悌次郎の提案を受け入れた。

「そうね、うん、襟なんか無いほうがすっきりして胸元が綺麗よね」

悌次郎がひとり、そんなやりとりを思い出していると、会場の明かりが落ち、ざわめきも消えた。

どこからだろうか、会場に東京混声合唱団の厳かなハミングが満ちてくる。ほどなく緞帳《どんちょう》が上がり、ライトが舞台を照らし出す。

その輝きの下に、周子はいた。

ステージの上で、たくさんの光に包まれ、周子は眩しそうに目を細めた。東京混声合唱団のハミングは、いつしか晴れやかな歌声に変わっている。

美しい、と悌次郎は思った。

そしてすぐに、幼い頃の記憶と重なった。

村境の峠《とうげ》道で、風に吹かれワンピースの裾《すそ》をたなびかせていた、あの日。小学校を抜け出し、峠まで迎えに行った悌次郎は、姉の美しさに息を呑《の》んだのだ。

本人が気にしているように、皺《しわ》も白髪《しらが》も、たくさんある。確かに歳はとったけれど、姉はあの頃と変わらない輝きをまとっていた。この日のためにと自分で仕立てたえんじ色のワンピースも、本当によく似合っていた。

音楽が止むと、祝辞が続いた。いよいよ、周子の名が読み上げられる。

割れんばかりの拍手を受け、周子はステージの中央へ進んだ。しみだらけの小さな手の中に立派な表彰状が収まると、周子はふと、聞こえるはずのない友の声を聞いた。

……周子、よくがんばったわね。

節子《せつこ》だ、と周子は思う。広島の地でピカに遭《あ》い、命を落とした腹心の友、節子。

――あなたが生きていたら、この賞を一番に喜んでくれたでしょう。そう、もしも生きていたら、あなたは今頃どんなお医者になっていたのかしら？　正義感の強い優しくて勇敢《ゆうかん》な人だった……節子、あなたのような人こそ、表彰されるべきだわ。

周子はマイクの前に立った。

敬愛する友へ、亡き両親へ、戦死した弟へ……今は亡き人々にも聞こえるようにと祈りながら、震える声で語り出す。

「……まるで夢の中にいるようです。こんなにも大勢の方々に祝福を頂き、正直、戸惑っています。故郷大井沢の診療所に勤務して二十四年――こんなふうに誰かに褒めてもらえる日が来るなんて、二十四年前のわたしは想像もしていませんでした――」

そのとき、一人の男が周子の目に映った。

男は、大きな百合の花束を持って、皆よりも一歩前に進み出たのだ。

周子は息を呑んだ。

――あの人は英俊《ひでとし》さん？　わたしは本当に夢の中にいるのだろうか。

止まってしまった受賞スピーチに、場内がざわめきだす。

周子はかぶりを振った。

あまりに非現実的な状況に置かれて、頭がおかしくなってしまったようだ。見たい者、聞きたい声を、勝手に頭の中に作り出してしまっている。

でもそれは、確かに現実だった。

英俊はまっすぐに周子を見つめ、深呼吸を促すように大きく肩を動かした。懐かしいその瞳を周子は感慨深く受け止めた。そして英俊の動きに倣《なら》い、ひとつ大きく息を吐き出す。

静かにスピーチを再開した。

「……わたしは、人が言うほど偉い人間じゃありません。ただ目の前に示されたことを一つ一つ必死でやっているうちに、今日になっていたのです――」

悌次郎は、そんな二人のやりとりを見逃さなかった。

あの人はきっと、いしゃ姉ちゃんが大事にしていた手紙の主だ……男を一目見て確信していた。黒ぶち眼鏡の奥に優しく光る瞳、きっちりと撫でつけられた髪の毛、目尻にちょこんとのった皺、ぴんと伸びた背筋……それらすべてが想像していたとおりの人だった。

途中からずっと、悌次郎は男の方ばかりを見ていた。

男の周子を見る視線は、慈《いつく》しみと尊敬に満ちていた。少しだけ開いた唇《くちびる》からは、今にも言葉が溢れ出してきそうに見えた。だけどその男は、最後まで黙っていた。瞬《また》きも惜しむように、周子の姿を見つめているだけだった。

周子もステージの上で、タイムカプセルに仕舞った宝箱を開くように、大事に、大事に、男を見つめた。

二人は笑顔だった。

切なくて温かい笑顔だった。

悌次郎は、なんだか泣きたくなった。奥歯をぎゅっと嚙《か》んでこらえたが、代わりに心臓がずきりと音を立てた。

周子は静かに続ける。

「――わたしは昔、凜《りん》と立つ百合の花のように生きたいと願っていました。けれど今は、野に咲く小花のように、目立たなくとも、名前を知られなくとも、自分の居るべき場所でしっかりつとめる人になりたい……自分を必要としてくれる人がいる場所で、しっかりと根を張りたい……そんなふうに思っています」

男は、少しだけ悲しそうな顔をした。

それでも、うんうんと小さく頷き、すぐに微笑みを湛《たた》える。

「――わたしの夢は、何人《なんびと》も等しく医者にかかれる世の中がくることです。貧しい人も、僻地にいても、すべての人々が安心して医療を受けられる日が一日も早く来ますように、願ってやみません。なぜなら、命だけは平等だと思うから……。必ず、必ず、そんな時代はやってくると信じています。その日まで、故郷の村で頑張ってみようと思います――」

男は、誰よりも先に大きな拍手を送った。

――英俊さん、ありがとう。

周子の唇がそう動いたのを、悌次郎は見ていた。

帰りの汽車の中で、周子は時折、傍らの百合の花束に目をやった。

頂いてから丸一日が経ち、百合の花はだいぶ元気がなくなっている。

他の花束はぜんぶ宿屋に置いてきたが、この百合の花束だけは故郷の診療所まで持って帰るつもりのようだ。

「悌次郎、疲れたでしょ？」

「うん、少しな。いしゃ姉ちゃんは大丈夫が？　昨日は、よっく寝れだのが？」

「なんだか興奮して、何度も目が覚めたわ」

「少し寝で行げば？」

「ありがとう。んでも、大丈夫よ」

汽車は、酒とするめの匂い、煙草《たばこ》の煙に満ちていた。だが、周子と悌次郎の周りだけは、百合の甘い香りが漂っている。

夢のような時は静かに過ぎようとしていた。

周子を包む甘い香りだけが、昨日までの華やかな世界を繋ぎとめているようだった。

期せずして、愛した人に再会できた喜びを胸に抱き、周子は故郷を目指す。二十四年の時を経《へ》て、本当のお別れを果たした満足感に満たされながら。

あのとき。

ステージを降りた周子に、英俊はゆっくりと歩み寄り、言葉よりも先に大きな花束を差し出した。その節《ふし》くれだった手を見て、お互い同じように年齢を重ねてきたのだと理解する。

「元気そうで良かった」

「英俊さんも」

「周子さん、本当におめでとう。素晴らしいスピーチでした」

「いえ……あがってしまって。助けて頂き、ありがとうございます」

「いやぁ、なんのなんの」

それは懐かしい響きだった。愛しい口癖《くちぐせ》を久しぶりに聞き、周子は一瞬で昔に戻ったような気がする。

「周子さん。あなたは幸せなのですね」

「……はい」

「良かった……周子さんが幸せで、本当に良かった」

「周子さん、か」

「え？」

「なんだか、自分のことじゃないみたい」

「どうして？」

「こんなふうに名前で呼ばれることなんて、もうずっとずっと無かったから」

「じゃあ君は、いつもなんて呼ばれているんだい？」

英俊の不思議そうな顔を見て、周子はくすくすと笑う。

「いしゃ先生、よ」

「……いしゃ先生、か」

刻みつけるかのように、英俊は繰り返す。

「あとはね……いしゃ姉ちゃんに、いしゃおばちゃん、いしゃさまに、女医者《おなご》なんてのもあるわ」

いたずらっぽい瞳が、英俊を覗き込む。

「……ね、いつの間にかわたしの名前は『いしゃ』なのよ。面白いでしょ？」

「ほんとうに」

二人は揃って目尻を下げた。

少しだけ、ほんの少しだけ顔を寄せ、束の間《つかのま》の再会を噛みしめる。

優しい時間だった。

「英俊さん。どうか、お元気で」

「周子さん……いや、いしゃ先生も」

「はい」

昔と変わらない、すっとしたお辞儀を残し、英俊は去って行った。別れの余韻《よいん》に浸る間もなく、周子は別の祝福の輪に呑み込まれる。

周子は、遠い昔、出せなかった手紙の文章を今日も心の中で読み上げた。

——英俊さん、ありがとう。わたしは女として生まれて、あなたに出会うことができて本当に幸せでした。

汽車は故郷に向かって走る。

たくさんの想いを乗せて走る。

「悌次郎、おめは好きな人、いるのが？」

「そんなの……いねよ」

「ふふ、そう。もし、好きな人ができたら……おめは、その人の手を離したらダメだよ」

悌次郎はどう返事をしていいのか分からず、照れたように視線を外した。

周子はもう一度、百合の花束を見る。

その横顔は、切なくも美しい横顔だった。

たった三日間留守にしただけなのに、故郷の山々は季節が移り変わろうとしていた。

冬の気配すら漂う道を、大荷物を抱えて二人は歩く。

「せんせー、悌次郎さーん！」

帰りを待ちきれない幸子が、通りの先から走ってくるのが見えた。

「ただいま、さっちゃん」

「せんせ、お帰りなさい。東京はどげだっけ？　天皇陛下にも会ったんだべ？」

「お土産《みやげ》話は、あとでゆっくりね。留守中、何か変わったことは無かった？」

「大丈夫だっす。よし婆も変わりありません」

重たそうな荷物を持ってあげようとした幸子を、悌次郎は制した。

「さっちゃんは、こっち持ってけろ。……お土産だ」

悌次郎が渡したのは、小さな包みだった。

「あたしに？　わー、嬉しい！」

素直に喜ぶ幸子の横で、悌次郎はぶすっとして照れている。

この場所には、確かにわたしの幸せがある、そう周子は思った。

期せずして保健文化賞を受賞した周子は、今更《いまさら》ながら地元の人間に注目され始めた。ありがたい賞とはいえ、患者さんには「賞」なんて関係ない。とくにお知らせもせず、これまでと変わらない診察を周子は続けていた。

だが、連日のように県外の報道関係者が診療所を訪ねてくるものだから、診察もままならなくなっていた。村人たちも「いったい何事だ」と騒ぎ出したのだ。

報道各社は、「仙境《せんきょう》のナイチンゲール」「青春を故郷の村に捧げた天使」と、こぞって周子を持ち上げた。中央の報道を追いかけるように、地元でも周回遅れで彼女を讃える声が上がった。

「いしゃ先生は、我が町の誇りです！」

東京の雑誌社のインタビューに答えて、村のお偉いさんが語っている。

「よぐ言うっちゃ。あの人、いしゃ姉ちゃんのごど、一番いじめっだっけくせに」

悌次郎がぼそりとつぶやくと、幸子が吹き出した。

周子もふふふと笑う。

そんな日が、しばらく続いた。

冷たい秋風に乗って、柔らかい藁《わら》の匂いが漂ってくる。

診療所の窓からも、杭《くい》掛けされた稲穂の束が見えた。十分にお陽《ひ》さまを浴びた稲穂は、早く食べてほしそうにさらさらと揺れている。あと数日もしたら、脱穀《だっこく》作業が始まるだろう。

「なんだか、今日はのんびりしてますねぇ」

患者が途切れたのを機に、早めの昼ご飯を準備しながら、幸子は言った。

「取材もようやく落ち着いてきたみたいね」

「はい。でも、みんな勝手なんだもの。悌次郎さんもあきれてました」

「ありがたいことじゃない。何にせよ、褒めてもらえるのは嬉しいわ」

休憩室のちゃぶ台には、じゃがいもの味噌汁《みそしる》にナスの漬物、甘辛い味噌を青ジソの葉で包んで揚げたシソ巻きが並んだ。いただきますと手を合わせ、周子は一口、ご飯を口に運ぶ。たった一口を、ずいぶん時間をかけて飲み込んだ周子は、茶碗を持って立ち上がった。

何をするのかと見ている幸子の前で、周子は茶碗にやかんの湯をかけた。

「せんせ、もしかして、のど、つらいんだが？」

「違うの、こうやってお湯かけたほうが、ご飯がするするって入るから美味しいでしょ」

「ほんてん？　あたしもしてみる」

幸子も周子に倣《なら》い、茶碗に白湯《さゆ》をかけた。箸《はし》でぐるぐるかき回し、ひとくち口へ運ぶ。

「……んん、美味しいがなぁ」

「さ、いいから早く食べなさい。午後からは往診に行くよ」

「よし婆の家ですね！　はい！」

二人はずるずると音を立ててご飯を啜《すす》り、ナスの漬物を齧《かじ》った。

よし婆の家は、診療所から歩いて十五分ほどのところにあった。よし婆は、肝臓ガンを患っていた。本人に告知はせず、高齢のため手術もせず、自宅で静かに治療を続けていた。散歩を兼ねた日課の診療所訪問ができなくなったことを、本人は嘆いていた。代わりに、周子のほうが、よし婆の家を訪ねる日々が続いている。最近は、痛み止めの座薬もあまり効かなくなったと、嫁の春子がそっと教えてくれた。

「なぁ、よしさん。痛み止めの注射、打ちますからね」

よし婆は、うんうんと頷き、目を閉じた。完全に信頼し、周子にすべてを委ねている。

手際良く注射の準備をする周子を、幸子は食い入るように見ていた。

周子が不在で自分一人のときも、よし婆を助けてあげられるように、注射だって早く覚えなくてはいけないのだ。だが、よし婆のかさかさした皮膚《ひふ》に注射針が刺さる瞬間だけは、相変わらず目を閉じてしまう。

「さっちゃん」

名を呼ばれ、幸子はびくりと目を開けた。

「ここ、しばらく揉《も》んでやってけろ。よしさん、痛いだろうけど、少し我慢《がまん》してな。……どうだ、痛み少し収まってきたが？」

「あぁ、いい塩梅《あんばい》だぁ。ありがとさまなぁ」

よし婆は気持ち良さそうに目を細めた。

「おれは幸せだぁ。いしゃせんせ、いるがら、安心だもの」

「んだね、ばんちゃん。安心だね」

嫁の春子は涙を悟《さと》られぬように、わざと明るく声を上げた。本当の病名は伏せている。目の前で泣くわけにはいかないのだ。

「死んでがらもよー、ソリに乗せられで吹雪《ふぶき》の中ば、一日かがって峠越えるのなんてよー、おれは嫌だったんだぁ。寒《さ》んむくて凍《こご》えでしまうべしたぁ」

「死んでたら、寒いもなんもないべした」

あっけらかんと言い放つ周子に、「んだねぇ」と春子が相槌《あいづち》を打つ。

死の気配漂う病を目の前にしても、女たちはたくましく笑っていた。そのことに幸子はなんだか感動していた。

ほどなく、よし婆が眠りに落ちた。穏やかな寝顔を見て、春子ももう涙を隠さなかった。

「ばんちゃん、気持ち良さそうに眠ってるっちゃ」

「んだね」

「いしゃせんせ、お義母《かあ》さんは、自慢だったんです。『おれがいしゃ先生の最初の患者だぞ』って、いっつも皆に自慢して……本当にありがとさまです……」

周子は温かい微笑みを返す。

診療所までの道を、周子と幸子は並んで歩いた。

「周子せんせ、よし婆は……あんまり良ぐないのですね」

大丈夫だ、と明るく返す周子の顔は、どこか青白い。

暖かな夕陽が辺り一面を包み込んでいるのに、周子の頬にだけ光が届いていないかのようだった。

それ以上、聞いてはいけないような気がして、幸子は言葉を呑み込んだ。

「ねぇ、さっちゃん」

「はい」

「さっちゃんは、将来、何になりだいの？」

「将来って……おれ、わがんね」

「お嫁さんか？」

「ほだなごど！　考えだごどもねぇっちゃ」

「んじゃあ、医者になればいいべ」

「ムリです、ムリムリ」

「そうかな。なりたかったら、わたしは応援するからね」

周子先生は本気だ……幸子には分かった。

だからこそ、適当な返事をするわけにはいかなかった。

現実問題として、自分が医師になれるとは思っていない。けれど、尊敬する

「いしゃ先生」の役に立てるようになりたいと、幸子は本気で願っていた。

ふいに、周子が道端にうずくまった。

苦しそうにえづき、昼に食べたものを戻してしまったようだ。

「せんせ、どげしたの？　腹、苦しいのが？」

「んだって、せんせ……」

「大丈夫だ、大丈夫だがら」

「ちょっと疲れっだだげだがら。悌次郎さ、言うなよ」

「……んでも……」

「大丈夫だがら、な」

幸子は、必死で背中をさすった。

そうすることしかできない自分が悔しかった。

もともと痩せている周子だが、手のひらに伝わる感触は固く骨ばっていて、一段と痩せていることが分かった。

ほどなく周子は立ち上がり、何事もなかったかのように再び歩き出した。その背中がいつもより小さく見えて幸子は不安だった。

診療所に戻ると、幸子はすぐさま寝床を整え、湯を沸かした。

「周子せんせ、白湯飲んで少し横なってけろ。今、お粥《かゆ》もつくるがらな」

「ありがとう。んでも、わたしの分はいいわ。さっちゃんだけ食べてちょうだい」

「少しでも口さ入れねぇど、ダメだべ」

「はいはい。これじゃあ、どっちがお医者か分かんないわねぇ」

わざと陽気に答えながら、周子は白衣を脱いだ。

けれどその足は、休憩室とは逆の、診察室に向かっていた。

気になった幸子は、米を研《と》ぐ手を止めた。そっと覗《のぞ》くと、周子は隠れるようにして注射の準備をしていた。自分の腕に打つ注射は、いつもと勝手が違うのか、なかなかうまくいかないようだ。

「せんせ、何してるんだ?」

「……さっちゃん」

一瞬だけ表情が動いたが、すぐにいつもの周子に戻る。

「さっちゃん、悪いんだけど、少し手伝ってくれる?」

「注射、打つのが?」

「そうなの。栄養注射、打とうと思って。せっかくだから、さっちゃんに任せようかな。練習にもなるものね」

手元のアンプルを見て、幸子ははっとした。それは、さっきよし婆に打ったものと同じ瓶《びん》だった。

幸子は動けなかった。

受け取った注射器を見つめたまま、幼い頭で必死に状況を整理しようとした。

「……さっちゃん？」

「周子せんせ、やっぱり、からだ悪いんだな」

「違うの、これはただの栄養注射だよ」

「あたしはバカだけど……それぐらい分がる。せんせ、からだ悪いんだべ？」

周子は答えなかった。

答えないということが、すなわち答えなのだと幸子は思う。

「よし婆と同じ病気なんだが？　なして、隣町の病院に行がねぇのですか？」

「大丈夫よ、心配いらないの」

「なして、そんな嘘つくのや⁉」

幸子は初めて周子に向かっていった。

少女の幸子が、畏敬《いけい》の念を抱《いだ》く「いしゃ先生」に泣きながら怒った。

「ダメだ、そんなんじゃ、ダメだべ、せんせ！」

「さっちゃん……」

幸子は震える手で注射器を構えた。

涙をこらえ、教えてもらったことを必死で思い返しながら、大きく目を開け、針を刺す。

「……ごめんね、さっちゃん。んでもね、わたしが今ここを離れたら、よし婆は安心して旅立っていけないでしょ」

「……せんせは、バガだ」

「わたしなら大丈夫。わたしは医者よ。自分のことは自分が一番よく分かってるわ」

「せんせはバガだ」

「心配してくれてありがとうね」

「せんせの、バガ……」

立派に注射を終えた幸子は、声を上げて泣き出した。泣きじゃくる幸子の頭を、周子は優しく撫で続けた。

それから一週間後、よし婆は天に召された。

穏やかで潔い最後だった。

周子は泣かなかった。ただ、精一杯の笑顔でありがとうと言った。

そしてまた厳しい冬が来た。

この村では、天命を全《まっと》うし命尽きる者も、新しく生を享《う》ける者も、なぜだか冬の間が多かった。真っ白な雪の中、いくつもの御魂《みたま》を見送り、誕生を見守り、喜びの春は来る。

そして輝く夏が来て、穏やかな実りの秋が、再び訪れていた。季節は迷うことなくそれを繰り返し、空の星たちも変わらず時の移ろいを見せてくれるのだ。

よし婆が亡くなって一年、周子は今日も、空を見上げる。

朝は太陽に手をかざし、昼は流れる雲を追い、夕に優しい光を体いっぱいで受け止め、夜は北極星を見つめる——。

この粛々《しゆくしゆく》と繰り返される日々の暮らしこそ、本当は奇跡の連続であることを周子は知った。

——看取《みと》りと誕生の瞬間に、自分はどれだけ立ち会ってきたのだろう。

自転車を止め、ぼんやりそんなことを考えていると、誰かが呼ぶ声がする。

見渡すと、ずいぶん離れた田んぼから大声で手を振っている村人がいた。

「いしゃせんせ、いっしょに一服するべ」

「ありがとさま！　今そっち行ぐよ」

負けずに大声で叫び、周子は自転車を漕いだ。

段々と重なる小さな田んぼで稲刈りをしていたのは、村の老夫婦と息子、そしてお腹《なか》が膨《ふく》らんだ嫁さんだった。

あぜに自転車を止め、周子は田んぼに降りていく。刈り取られたばかりの稲株が、良い匂いを放っていた。

「いしゃせんせ、往診の帰りだが？」

「んだよ、今日は間沢《まざわ》まで行ってきたの」

「ほぉ、いつも御苦労さまだなっす。一服あがっしゃい」

「ありがとさま。ちょっと先に、お腹診せてちょうだい」

周子は嫁さんのお腹に聴診器を当てた。

「もういつ生まれてもおかしくないわね。こんなに動いて大丈夫？」

「いしゃせんせ、おれは大丈夫だよ。昔からなるべぐ動いだほうが安産だ、っていうべ。うぢの婆ちゃんなんて、田んぼのあぜ道でこの人産んだんだって」

「んだんだ。間に合わねくてよ」

嫁さんと姑はそう言って笑い合った。頂いたお茶をあぜに置き、周子は医師の顔になる。

「体動かすのはいいけど、無理したら絶対ダメだがらな」

「はい、せんせ」

「ほんとに、気をつけてよ」

「なんぼ言っても聞がねぇんだ、うぢの嫁は」

呆《あき》れ果てたように男衆が言う。そして皆で顔を見合わせ、笑い合うのだ。

暖かな日だ。

青空のもと、妊婦のお腹を診《み》、姑のリュウマチを診ていると、子供を連れた近所の母親がこっちも診てくれと走ってきた。これもいつものことだった。臨時で開かれる「青空診療所」には、今日も優しさが溢れている。


「悌次郎さん、あそこ！」

「ほんとだ、いしゃ姉ちゃん、まだやってるな」

農作業の帰り、道端に置かれた自転車を見つけ、悌次郎は耕運機を止めた。

「周子せんせーっ！」

助手席の幸子が叫《さけ》ぶと、田んぼの中にいる周子は手を振り返してくる。

だが、青空診療所が閉鎖される気配はない。

「さっちゃん、ちょっと迎えに行ってけろ」

「うん、わがった」

幸子は耕運機からぴょんと降り、田んぼ道を走った。刈り取った稲株に足をとられ、よろよろしながら進む姿は滑稽《こっけい》だ。そんなに急がなくてもいいのに、と悌次郎は思うが、面白いので放っておく。

村人に囲まれた周子の姿は幸せそうに見えた。

とくにポケットからたまごボーロを取り出し子供にあげている周子は、これ以上ない笑顔をしていた。

「いしゃせんせ、子供好ぎだなや」

そんな村人たちの声が、ここまで聞こえてくるようだ。いつだったか、周子はこんなことを言っていた。

「最近ね、この村の子供たちは、みんなわたしの子供のような気がするの」

そのときは確か、神社の境内で診察を始めたのだった。

最初は泣いていた子供をあやしていただけなのに、一人、また一人と村人が集まり、けっきょく最後は、周子の首に聴診器が下がっていた。

そのとき、「この村の子は、皆自分の子供のような気がする」と言った周子に、村人たちは当然だべ、と言ったのだ。

「この村の子は皆、親より先に、いしゃ先生の顔ば見るんだ。んだがら、村の子は皆、いしゃ先生が親だど思ってるべ」

なるほど、と感心してしまう周子に、皆がどっと笑う。

「いしゃ先生は神さまだ」

誰かがしみじみと呟《つぶや》くと、皆がうんうんと頷いた。

照れたようにうつむく周子を見て、悌次郎はそのとき初めて理解した。なぜ、周子がこの土地を離れないかが分かったような気がしたのだ。

周子の体が良くないと分かった頃、悌次郎は隣町の大きな病院になんとか周子を連れていけるようにと頑張ってみた。ちゃんと診てもらったほうがいいと、あの手この手で勧めたが、いくら悌次郎が懇願《こんがん》しても、周子は診療所を離れようとしなかった。決まって「自分の体は自分が一番よく分かる」と言い返されて終わるのだ。

悌次郎はもう、何も言わなくなっていた。決して投げ出したのでも、諦《あきら》めたのでもない。ただ、いしゃ姉ちゃんの生き方を認めたのだ。誰よりもずっと一緒にいて、誰よりも近くで周子を見守ってきた悌次郎には、周子の「一番の願い」が理解できたから。

だが、幸子にはまだ理解できなかった。

幸子だけが時折、悲しみのままに、周子を責めた。ときにその悲しみは悌次郎にも向けられた。苦しいのに我慢している周子を見ては、そっと涙を流しているのを悌次郎は知っている。

今、目の前でちゃんと、大切な人たちが笑っていることに、悌次郎は感謝した。田んぼの真ん中で、迎えに行ったはずの幸子までもが一緒になって笑っていた。

「おーい、帰るぞー」

悌次郎は、周子たちに向かって叫んだ。そうして青空診療所は、ようやくお開きになった。

日が傾いてくると急激に気温が下がってくる。

耕運機の後ろに自転車と周子を乗せ、悌次郎は家路を急いだ。

周子は時折、胃の辺りをさする仕草をしている。村の人たちにはひた隠しにしているが周子の病状は芳《かんば》しくなかった。毎日、悌次郎と幸子だけが心配して過ごしているのだ。

今日も耕運機の助手席で、幸子は周子に隠れて泣いている。悌次郎はたまらず声をかけた。

「いしゃ姉ちゃんは、この村の人たちが好きなんだよ。ただ、それだけなんだ」

幸子は後ろを振り返った。耕運機に積まれた藁《わら》の上で、周子は静かに目を閉じていた。

眠っているのか、歌っているのか、幸せそうな口元だった。

「……あたしだって、分がってるもん」

大きく鼻水を啜りあげ、幸子は前を向いた。

その日から八日後、周子は倒れた。

往診の帰り道、ひとりぼっちで倒れているところを村の人に見つけられた。

いしゃ先生が倒れたという話は、あっという間に村中に広まった。

役場の人間が、村に唯一ある車を出して、隣町の病院まで周子を運ぶことになった。

青白い顔をした周子は、声を出す力もないのか、黙って大人しく車に乗り込んだ。ただ、悌次郎も一緒に乗り込もうとしたときだげ、「大丈夫」と力いっぱい制した。その目に「わたしは大丈夫だから、あなたは家のことをお願いね」という意味を認めた悌次郎は、力強く頷き、身を引いた。

「あとで行ぐがらな。待ってでな」

悌次郎の言葉に、周子はこくりと頷いた。

いつの間にか、志田家の前の道にはたくさんの村人たちが集まってきていた。いしゃ先生が倒れたという驚きで、辺りはざわついている。

「せんせ、医者の不養生だなや」

「うぢのおっかぁのお産までには、ちゃんと元気なって戻ってきてけろよ」

呑気《のんき》な会話も交わされていたが、周子の青ざめた顔を見るにつけ、誰も軽口を叩かなくなった。

極めつけは幸子だ。

今にも泣き出しそうな顔で歯を食いしばって周子を見ているのだから、さすがの村人たちもただごとではないことを察した。

周子は座席に深くもたれかかり、目を閉じた。それが合図のように、車はゆっくりと走り出す。

そのときだった。

一人の少女が車に駆け寄り、車は再び動きを止めた。

少女は野の花を差し出した。小花を編んでこしらえた小さな花輪だった。

「いしゃせんせ、痛いの治るおまじないだよ」

「……ありがとさまね……」

消えてしまいそうな微笑みで、周子はそっと呟く。幸子の瞳からついに涙が溢れた。

車は走り出す。

その瞬間、悌次郎は泣いている幸子の手を握った。

幸子は一瞬驚いた顔をしたが、その手を離さなかった。

それから二人は、周子の姿が見えなくなるまでずっと手をつないでいた。

周子を乗せた車が、村の農道をゆっくりと進む。どこで聞いてきたのか、沿道には行く先々にたくさんの人が周子を待っていた。車に向かって声をかける者、手を合わせる者、涙ぐむ者もいる。

風のおんつぁんが、山の神々に向け、祈病《やまいいのり》祝詞《のりと》を声の限りに叫んでいる。

その悲しい響きを耳にし、人々はまた涙した。

誰もが周子の無事を祈っていた。

風が鳴く峠道。

ここを越えれば隣町に出る。

ふと、風に乗って、子供たちの合唱が聞こえてきたような気がした。

「……とめてもらえますか」

その小さな声で、車は止まった。

周子は、少しだけ窓を開けた。子供たちの歌声は、風に合わさり、さらさらと消えてゆく。

――わたしの、大切な者たちの、声。

その声を、皆の祈りを、周子はしっかりと受け止める。

そして、遠い日を思う。

赤いワンピースを風にたなびかせて、この峠に立った日のことを。

周子は微笑む。

――ありがとさま。

そして再び、車は走り出した。

# 終章

＊

姉は生きて大井沢《おおいさわ》に戻ることは叶いませんでした。享年五十二、食道ガンでした。

入院中も姉は、ずっと村の人たちのことを気にかけていました。退院したら近所に赤飯を配るから、小豆《あずき》ともち米を準備しておいてくれ……そう頼まれたのが最後でした。

家内は今でも当時のことを悔《くや》しそうに口にします。やっぱりもっと早く病気に気が付けば良かった、わたしがずっと傍《そば》にいたのに、と。

姉は亡くなってから、またあの峠《とうげ》道を越えて自宅まで戻ってきました。

その亡骸《なきがら》を迎えるための葬列が凄《すご》かったんです。子供たちは授業を中断し、大人たちは仕事の手を止め、皆が精一杯の正装をして姉の亡骸を迎えてくれました。役場の黒い車がゆっくりと道を走ると、手を合わせ、ありがとう、ごくろうさま、と言ってくれたのです。

私は嬉《うれ》しかった。いしゃ先生がいなくなったら、この後どうすればいいんだと泣いているお年寄りもいました。そのお年寄りが心配したとおり、その後長い間、大井沢は無医村に戻ってしまいました。

姉が亡くなって五十三年。立派な町立病院は建ちましたが、そこで働いてくれる医師は足りていません。この土地に限らずとも、東北の雪深い土地にわざわざ来てくれるお医者さまはなかなかいないのでしょう。

ですが今年の春、町立病院に、ようやく待望の内科医が来てくれました。それがなんと若い女性医師で、皆は「また、いしゃ先生がやってきた」と騒いでいるようです。

私は胸が痛みます。今でも姉のことを讃《たた》え、思い出してくれるのは嬉しいけれど、ちょっとだけ苦しくなるのです。

——いしゃ姉ちゃんの頑張りを、その女性医師に求めないでほしい、と。

姉は頑張りました。けれど、その頑張りを美化してはいけないんです。誰かの犠牲《ぎせい》の上に成り立つ医療など、あってはなりません。こんなことを言ったら姉に叱られるかな。

——悌次郎《ていじろう》、何度言ったら分かるの。わたしは誰のためでもない、自分のためにここにいるのよ。

姉はきっとそう言うのでしょう。

そして、少しだけ悲しそうな顔をして空を見上げるのでしょう。

『西山に　オリオン星座かかるをみつつ
患家に急ぐ　雪路を踏みて』　周子《ちかこ》

〈了〉

# あとがき

わたしが初めて山形県の大井沢村《おおいさわ》（現西川町《にしかわ》）を訪ねたのは、二〇一一年の七月十八日でした。そこは、東の奥参りで有名な東日本最大の霊場である、出羽三山《でわさんざん》の主峰・月山《がっさん》の麓《ふもと》にある宿場町で、想像していた通りの美しい里山でした。

朝早く東京を出たわたしは、昼前には役場の方と合流し、名物の山菜蕎麦《そば》を食べ、その後、たくさんの方々と面会をさせてもらいました。かもしか学園で周子《ちかこ》先生と同時期に教師をしていた方、医療助手をしていた方、伝説のマタギ、幼い頃実際に治療を受けた方……等々。「いしゃ先生は、神さまだっけ」誰もがそう口を揃《そろ》えることに、正直、たいへん驚いたのです。

大井沢診療所だった建物がまだ残っていると聞き、見学をさせてもらいました。当時の区長が町から買い取り、農作業用の車庫として使用していたのですが、中に入って驚きました。半分以上、当時のままだったのです。ここが診察室だった、ここは待合室、ここがレントゲン室で……そんな風に説明を受けるうちに、不思議な感覚になりました。周子先生が使っていた椅子《いす》や机、X線写真観察器まで残っています。ふと、クレゾール液の匂いがして、薬剤室の向こうから、今にも周子先生が顔を出しそうな気がしたのです。

——これは、ちゃんとお墓参りをさせて頂かなければ。

役場の方に訊《たず》ねると、ご実家が近くにあり、実弟の悌次郎《ていじろう》さんが墓守をしているとのこと。急きょ連絡を入れ、ご挨拶《あいさつ》させて頂くことになりました。

悌次郎さんは最初、初めて会う他所者《よそもの》を警戒《けいかい》しているようでした。無理もないでしょう。自分の大切な姉をネタにして物語を作ろうというのですから。それでも、ぽつり、ぽつりと、秘密の宝箱を開くように当時のことを話してくれました。途中から、周子先生の助手だった奥さまも一緒に、当時の思い出を語ってくれました。世間の人が抱《いだ》くいしゃ先生のイメージと、身内の目から見たいしゃ姉ちゃんは、まったく違っていました。わたしはなんだか嬉《うれ》しくなりました。めんこくて人間臭《くさ》い、皆が知らない周子先生を見付けられたのですから。役場の人から、そろそろ失礼しましょうと言われたとき、わたしは思い切って「御墓参りをさせてもらえませんか」とお願いしてみました。悌次郎さんは少しの間考え「かまいませんよ」と言いました。そして、なぜだか少しはにかんだように「実は今日、命日なんです」と言ったのです。わたしたちが心底驚いていると、時計を見てこう続けました。「あぁ、ちょうど今頃だな、姉が亡くなったの」と。

周子先生のお墓は、ご実家の裏手、山の麓《ふもと》にありました。美しい夕暮れ時、山の上から緑濃い風が降りてくる田んぼ道を、わたしたちは一列になって進みました。蛙《かえる》の声も、蟬《せみ》の声も、野鳥の声も聞こえます。野生の百合《ゆり》や、ヒメジョオンが風に揺れていました。神道《しんとう》のお墓は、個人個人にひとつずつのようで、父・荘《そう》次郎《じろう》さんの墓石や、母・せいさんの墓石、他にも小さな石や大きな石がたくさん並んでいました。これだったら周子先生も寂《さび》しくないだろうと、ヘンなことを思ってしまいました。

――周子先生、わたしたちをこの地に呼んでくれたのですね。分かりました。しっかりやりますから、どうか見守っていてください。

墓前で、そんな風に話したことを記憶しています。

その日から、わたしと町のみんなの挑戦が始まりました。我らの宝である志田周子の生涯《しょうがい》を銀幕に甦《よみがえ》らせよう！　同時に、ご先祖さまたちの難儀だった暮しを知り、感謝と共に後世に残していこう、と。

そうなのです。とっくにお気付きかと思いますが、この小説は映画の原作なのです。よかったら、HPを覗《のぞ》いてみてください。これまでのわたしたちの歩みが、詳しくお分かり頂けると思います。地道なアナログ方式のクラウドファンディングで集まったその協賛金は、三七五六万二八六一円（二〇一五年六月末現在）。山形県内外を問わず、広く医療関係者の皆さまにもご支援頂いた賜《たまもの》です。この取り組み方も、集まった協賛金の額も、日本映画界の伝説になることでしょう。

二〇一四年、夏。そうして集めたお金をもとに、映画製作がスタートしました。まずは東京から美術監督をお招きし、監督以下、ボランティアの手によって、診療所《しんりようしよ》の修復が始まりました。カボチャが積まれていた旧診療所が、約二か月かけて、昭和初期の診療所セットとして甦ったのです。近所のお年寄りが、日に日に昔の面影《おもかげ》を取り戻していく建物を見て、涙を流していました。撮影が終わった今も、皆の手作りの診療所セットは、大事に保存されています。

そして二〇一五年十一月、待望の劇場公開（山形県先行上映）が決まりました。いよいよ、志田周子の人生が銀幕に甦ります。映画の脚本もわたしが書かせて頂いたのですが、ラストを含め、小説とは違ったものになっています。どちらもお楽しみ頂ければ幸いです。

一九六一年、念願の国民皆保険制度が実現すると、翌年、それを見届けたかのように、周子先生は天国へと旅立っていきました。誰もが等しく医療を受けられる日が来るのを願いながら、たった一人で村の人々の健康を支え続けた周子先生らしい生き様だと思います。そのことにシンパシーを感じ、小説の連載を快諾《かいだく》してくださった全国保険医団体連合会の皆さまに、この場を借りて感謝申し上げます。ありがとうございました。

最後に。今まさに日本中の医療現場で頑張っていらっしゃる「現代版・いしゃ先生」へ、心からの敬意と感謝を込めて、あとがきといたします。

あべ美佳

本書は、『全国保険医新聞』二〇一三年五月五・十五日号～二〇一五年二月五日号の連載に、加筆・修正して刊行したものです。

著者紹介

**あべ美佳**（あべ　みか）

1971年、山形県尾花沢市に生まれる。2002年『沈まない骨』で日本テレビシナリオ登龍門優秀賞、2004年『曲がれない川』で第29回NHK創作テレビドラマ脚本懸賞最優秀作、NHK仙台開局80周年記念ドラマ『お米のなみだ』では、東京国際ドラマアウォード2009・ローカルドラマ賞を受賞。テレビドラマ、時代劇、映画、アニメ、ラジオドラマ、舞台など、ジャンルを問わず脚本を多数執筆。2012年4月『雪まんま』で長編小説デビュー。

---

PHP文芸文庫　いしゃ先生

---

2015年9月22日　第1版第1刷

著　者　あべ美佳
発行者　小林成彦
発行所　株式会社PHP研究所
東京本部　〒135-8137 江東区豊洲5-6-52
文藝出版部　☎03-3520-9620（編集）
普及一部　☎03-3520-9630（販売）
京都本部　〒601-8411 京都市南区西九条北ノ内町11
PHP INTERFACE　http://www.php.co.jp/
組　版　朝日メディアインターナショナル株式会社
印刷所　共同印刷株式会社
製本所　株式会社大進堂

---


ISBN978-4-569-76416-0